DU MÊME AUTEUR

Vide sanitaire, *Verticales, 2021*

françois durif

torno subito

verticales

À Amapola

« Je me briserai en petits morceaux jusqu'à ce que je sois un tout. »

Elias Canetti,
Le Territoire de l'homme, 1973

« On croit vivre, on croit écrire sa vie : on troue. »

Edmond Jabès,
Le Petit Livre de la subversion hors de soupçon, 1982

Sucre ou pas? Sucre ou pas? Pas. Merci. Suffit. À notre insu, le sucre s'insinue. Un fin pelliculage de sucre recouvre non seulement nos aliments, mais aussi nos sentiments, comme si nous cherchions à en maquiller l'amertume. Mais non. Nous sommes faits d'eau aussi, *nous sommes des paquets d'eau qui fuient*, nous sécrétons des substances toxiques, nous ne sentons pas toujours bon; nous traversent des sentiments mauvais. N'allons pas faire semblant, nous ne pouvons faire autrement. Nous serons francs, nulle grimace, même si la potion est amère. Le *pharmakon*, remède et poison, le moment venu, nous le prendrons. *Comme si la veille doucement passivement nous laissait descendre l'escalier perpétuel.* L'escalier n'est pas perpétuel, nous le savons, nous n'en connaissons pas encore les méandres. La dernière marche, nous la reconnaîtrons, il fera jour; nous franchirons le seuil, nous le sentirons – ou pas.

Sucre ou pas? – Pas. Merci. À la question mécaniquement posée par ce jeune garçon de café, je n'ai rien trouvé d'autre à répondre. Puis j'ai rejoint à pied la gare de Bercy en me répétant ces trois mots, tel un mantra. Une fois installé dans le train – destination Clermont-Ferrand, père-mourant – j'ai allumé l'ordi, ouvert un document Word, bien décidé à me glisser dans la brèche, reprenant à mon compte la question, cherchant peut-être à m'occuper l'esprit.

Lors du mois passé à l'hôpital Lariboisière dans l'habit d'aide-soignant, la nuit, j'ai appris à regarder les visages des gens, en percevant les âges qui transparaissent lorsqu'on se rend attentif aux signes qu'ils émettent dans des situations de grande vulnérabilité. Je travaillais alors dans le service de chirurgie digestive ; n'étant pas autorisé à accomplir les gestes techniques des infirmiers, j'étais surtout là pour le confort des patients. Ma présence silencieuse à leurs côtés suffisait parfois à les apaiser, ils prenaient moins de morphine. À l'aube, lorsque je les réveillais, leur tendais le flacon de Bétadine dont ils devaient se badigeonner tout le corps sous la douche avant l'opération, je les trouvais dignes et courageux. Dans leur attitude, je devinais les enfants qu'ils avaient été, des enfants qui n'avaient rien demandé et à qui, pourtant, on faisait des misères ; ils n'en gardaient pas de rancune, ils comprenaient. Les enfants comprennent tout, sentent tout, ce sont de vraies éponges. Aussi apprennent-ils très vite à absorber les saletés qui les atteignent dans leur être, ils ne font pas de manières pour autant ; seulement, quelquefois, il leur arrive de rendre, ils expulsent toute cette eau sale emmagasinée dans leurs tissus. C'est à cet âge que l'on commence à les habituer au sucre, ils en réclament, on leur en donne plus qu'il n'en faut, certains d'entre eux deviennent accros.

Dans ma famille, ça va, il n'y a pas trop de sucre qui circule, mais de l'alcool, oui. Depuis gamin, j'ai toujours eu un peu de vin au fond de mon verre – comme un pacte entre nous, un signe de reconnaissance. Nous avions soif de vin, soif de sulfites. Soif de paroles aussi. Pas d'eau, pas de sucre. De l'alcool, oui, pour délier les langues ! L'eau sucrée, ce sera pour la fin, lorsque nous ne pourrons plus rien avaler. Alimenté par un goutte-à-goutte, avec les médocs dissous dedans la poche suspendue au-dessus de notre tête déplumée. La ligne brisée au pied du lit, la sonde et tout.

Je me souviens d'un monsieur africain âgé que l'on venait d'installer dans une chambre. Au moment de lui tendre le pistolet pour uriner, il s'est levé d'un coup et est allé pisser debout dans un coin de la pièce. Tant qu'il lui était possible de pisser debout, on ne le forcerait pas à faire autrement, sa dignité était en jeu, c'était facile à comprendre. C'est ce genre de scène qu'on n'oublie pas. Le fond de l'homme n'est pas mauvais. Il y a de la pudeur – quelque chose d'indestructible, qu'on n'atteint pas. On ne le fait pas plier comme ça, le bonhomme, on ne le soumet pas, on ne l'oblige pas à ingurgiter du sucre s'il n'en veut pas. Chacun sécrète ses propres drogues, s'invente sa propre chimie, pour tenir bon, tenir debout, pisser dru dans le flacon. La douleur veille, il n'est pas aisé de l'évaluer. De même, le désir va se nicher dans des détails auxquels on ne prête guère d'attention. Pour percevoir les signes émis en situation de souffrance, il faut gagner la confiance du patient ; celle-ci accordée, tout se délie, il suffit de s'ajuster, de le regarder pour de vrai, d'être à la bonne distance. Nous avons besoin les uns des autres. Nulle autosuffisance. Parfois, nous avons besoin du regard du prochain pour nous sentir appartenir à cette même communauté affective, d'où nous tirons cette puissance d'agir, cette puissance de vie. Jusqu'au jour où l'édifice s'étiole, tout se désagrège, les forces nous manquent, notre corps ne répond plus, nos gestes nous trahissent, notre champ d'action se réduit.

Tu verras ce qui reste, m'a dit mon père hier matin au téléphone, alors que débutait sa troisième journée en soins palliatifs. Reste le toucher, le dernier sens que l'on perd avant de s'éteindre tout à fait. Il n'en est pas là. Une fois passé le choc de son nouveau visage, il me faut inventer un chemin pour accéder à lui, sans enfreindre la limite qui nous sépare, la pudeur qui est la sienne. Pas grave si tout vacille à l'intérieur. La nausée, la voix enrouée. Sa voix à lui, je la reconnaîtrais entre toutes, elle n'est pas celle d'un homme qui attend la mort. Sa voix, je l'emporterai avec moi. À cet instant, je ne me suis jamais senti autant Durif – appartenir à un clan, oui, tout en étant seul. Dans la famille Durif, on n'aime pas trop le sucre – ces desserts sucrés qui vous emplâtrent la bouche. Mes sœurs et moi, nous allons avoir l'occasion de le vérifier. Nous verrons bien si la potion est difficile à avaler.

Au moment de lui servir le thé, il m'a dit : *Beaucoup de sucre*. Je lui ai versé les deux sachets, il a acquiescé. Intérieurement, j'ai souri, puisque le sucre était l'amorce du texte écrit le matin même dans le train qui me conduisait à Clermont-Ferrand. Lui m'a fait part de ses réflexions depuis qu'il est alité dans cette unité de soins palliatifs à Cébazat. Il réclame au personnel soignant qui l'accompagne *le coup de grâce*. Il ne souhaite pas qu'on lui pique le doigt pour vérifier sa glycémie ou je ne sais quoi, il n'est pas là pour ça. Aucune envie de prolonger le séjour. Le travail de la mort est visible sur les traits de son visage décharné. La nuit dernière, il est tombé en se rendant aux toilettes. Sale moment. Le temps se dilate, le quart d'heure à appeler de l'aide lui a paru long, il a eu besoin de la journée pour s'en remettre. Il fait la planche, comme il dit. Il apprend la patience, mais la patience n'a jamais été son fort, sauf dans les affaires. Dans sa tête défilent les images saccadées de sa vie – *visions de sa propre personne, dans lesquelles, sans s'en rendre compte, il s'est lui-même rencontré*. Au soignant qui lui a proposé de faire un voyage-fantôme, en ayant recours à l'hypnose, il a dit oui. Il a déjà choisi la destination, une qui nous relie, ses trois enfants et lui : nous étions en Corse, un trajet entre Bastia et Porto-Vecchio. Pascale, ma sœur aînée, lui avait lancé le défi : *Toi qui nous dis souvent que l'argent, il suffit de se baisser pour le trouver, prouve-le-nous*. Il nous a alors proposé de collecter les bouteilles vides en verre qui jonchaient les abords de la route poussiéreuse que nous empruntions avec la Méhari. On s'y est mis, j'étais de la partie, et j'ai aimé ça le coup de la consigne, paraît-il, le fait qu'on récolte du fric par ce geste de collecter des bouteilles vides. Le lendemain, j'aurais dit à mon père : *On recommence !*

Depuis, j'ai toujours aimé faire quelque chose des déchets collectés sur mon chemin, des brindilles aux encombrants – le matériau précieux qu'ils constituent, si l'on y prête quelque attention. Je pense aux collages de Kurt Schwitters, au *Merzbau*, sa *Cathédrale de la misère érotique* : la libido y passe, l'espace de l'atelier se plisse, des niches se forment, des objets s'y glissent, deviennent invisibles ; mais Schwitters, lui, il sait où chaque rebut se trouve, à l'abri des regards. C'est un temple qui ne dit pas son nom ; il n'a pas besoin d'avoir recours à un dieu personnel pour sentir ce qu'il a à y faire. Ses gestes sont précis, son œil infaillible, la main anticipe ce qu'il cherche – l'œil, l'esprit, la main sont pris dans une sorte de continuum.

Aujourd'hui, c'est la fête des pères. Il est toujours parmi nous. En lui scintillent encore quelques gouttes de vie. Hier après-midi, lorsque nous sommes entrés dans sa chambre, ma sœur Sylvie et moi, il somnolait, bouche ouverte. À un moment, il est revenu à lui, il nous a identifiés. Il a demandé à Sylvie de lui lire les premières lignes de son journal financier *Investir* que sa femme lui avait acheté le matin même, pour ne pas déroger au rituel du week-end. À cette occasion, j'ai appris un dicton boursier : *Il ne faut jamais rattraper un couteau qui tombe*. La lecture de ces lignes a immédiatement agi. Il a une mémoire précise des actions de son portefeuille, il les a toutes en tête. Puis, il nous a récité une fable de La Fontaine qu'il connaissait par cœur : « Le curé et le mort ». Il n'en manquait pas beaucoup pour qu'il nous la dise en entier. *Pas un mot de trop*, commente-t-il, *rien à enlever, on ne peut toucher à l'in-mo-di-fia-ble*. Il nous redit tout doucement le début :

Un mort s'en allait tristement
S'emparer de son dernier gîte ;

Un curé s'en allait gaiement
Enterrer ce mort au plus vite.

Peu à peu, il se ranime. Lorsque ma sœur lui entonne la chanson de Fugain, il lui prend la main, et, dans le même mouvement d'ouverture, me présente la sienne.

Je n'aurai pas le temps
Pas le temps
Même en courant
Plus vite que le vent
Plus vite que le temps
Même en volant
Je n'aurai pas le temps
Pas le temps

Je ne connaissais pas cette chanson, je comprends ce qui peut le toucher ; sont mis au jour son côté tendre, son envie de sucre à cet instant. Sur la route qui conduit à Cébazat où est située l'unité de soins palliatifs de l'hôpital Louise-Michel, une affiche m'a frappé : une campagne publicitaire lancée au moment de la fête des pères : *Daddy, le sucre 100 % french !* À cette occasion, ils se fendent d'une édition limitée avec le mot « papa », *parce qu'on est 100 % français*, avec juste au-dessous le dessin d'une moustache et d'une cravate à petits pois.

Associer le sucre à la figure du père ne m'avait jamais effleuré l'esprit jusque-là. Ainsi papa-sucre fond-il comme bonhomme de neige – c'est ce qu'il dit de lui-même. Aujourd'hui, prêt à se dissoudre ; tenant bon cependant. Le cerveau fonctionne, le cœur ne lâche pas, les organes vitaux sont encore en état de le porter quelques pas plus loin. Même s'il exprime une très grande lassitude, il semblerait qu'il ait encore des choses à vivre, des choses à partager avec ses proches. La lecture d'un journal financier agit sur lui comme un rail de coke ou une cuillerée de sucre. La Bourse, la bouffe aussi. Il interroge chaque visiteur sur ce qu'il a mangé la veille, sur ce qu'il va manger le soir même ou le lendemain; il vit ainsi par procuration les mets qu'on lui décrit. Ayant perdu en partie le goût, ne pouvant plus rien avaler, il s'en fait une représentation mentale, il se met à table avec nous, il nous regarde manger, et nous, pour lui faire plaisir, on se goinfre devant lui, on ingère des aliments lourds, on a envie d'un hachis parmentier avec des miettes de canard, d'un flan à la vanille, et demain, on fera dessaler la morue. Tout ce contre quoi je m'étais un peu rebellé jusque-là, ce trop de bouffe, cet intérêt pour la Bourse, je le lui concède à cet instant, car je vois bien que ça le fait se redresser sur son lit, ça le tient éveillé, comme une chanson de Michel Fugain ou une fable de La Fontaine, il n'y a plus de hiérarchie. Tant que ça agit, il s'en saisit, il se laisse émouvoir, c'est toujours ça de pris. Subsiste une mémoire vive à l'intérieur; il ne s'est pas trompé dans ses placements, ses affaires sont en ordre, il peut partir en paix. D'un côté, il dit qu'il en a marre; d'un autre, il dit qu'il a le temps, tout en sachant qu'il n'est pas maître à bord. Quand la mort viendra le ravir, nul ne le sait. Hier après-midi, l'infirmière a confirmé à ma sœur que la maladie prenait le dessus et qu'ils veilleraient à l'accompagner au mieux dans ce processus. L'arbitrage leur revient. Selon eux, il semble encore *confortable*, il *s'économise*.

L'inexpérience de mourir, cela veut dire aussi : la maladresse à mourir, mourant comme quelqu'un qui n'a pas appris ou qui a manqué ses classes. On ne meurt pas deux fois. On est seul devant la mort. On apprend la patience. On apprend une forme de passivité. On la laisse venir. On a beau ruser avec elle, il arrive un moment où l'on ne peut plus faire comme si elle ne poursuivait pas son minutieux travail de corrosion au-dedans. Le corps se raidit, le corps se rétrécit. Plus que la peau et les os. La flamme de l'esprit vacille. Le tremblement de sa main se transmettant dans la mienne, je voudrais lui dire : *Va !* Mais ce n'est pas à moi de lui dire ça. Je n'ai qu'à être présent à ses côtés. Il connaît le programme ; il commence à imaginer le monde sans lui.

Pas intelligent. Ça fait combien de temps que je trimballe ce jugement récurrent sur mes piètres capacités intellectuelles ? Depuis l'enfance, les premiers apprentissages. Pas foutu de faire mes lacets de chaussure, c'est ma sœur Sylvie qui m'a convaincu que j'en étais capable, en prenant le temps de me montrer comment on les faisait et les défaisait. Faire du vélo, pareil, convaincu que je n'arriverais jamais à tenir l'équilibre si l'on m'enlevait les roulettes de chaque côté de la roue arrière ; avec le même ascendant sur moi, ma sœur m'a simplement dit : *Il n'y a aucune raison que tu n'y arrives pas.* À ses côtés aussi, j'ai appris à écrire sur le tableau noir dans la chaufferie de la maison d'Issoire, en formant les lettres une à une, en cassant la craie une fois sur deux tellement j'appuyais. Ce manque de confiance en soi m'a poursuivi jusqu'à l'âge que j'ai aujourd'hui. Ça me fait perdre un temps fou, contraint de passer par une succession de sas et de rituels de vie : recopier à la main dans mes cahiers ce que je lis pour avoir le sentiment de retenir quelque chose de ce que je lis, car sinon, c'est comme si je n'avais rien lu. Une vraie passoire. Sur d'autres fronts, j'ai fini par abdiquer : je ne conduis pas, je ne parle pas anglais, je ne dessine plus, je suis devenu pédé.

Au sortir de l'adolescence, ayant éprouvé le désir des femmes… leur jouissance me débordait de toutes parts, je préférais leur amitié, et puis une femme nue, je connaissais ça par cœur, ma mère étant tout le temps à poil à la baraque, alors que la vue d'un homme nu me faisait bander illico, je n'y pouvais rien, il m'a fallu encaisser tout ce qui venait avec ce désir irrépressible. J'ai appris, ou plutôt, j'ai dû me délester de tout ce que l'on m'avait appris. Les femmes m'ont tout appris ; aussi me suis-je tourné vers les hommes pour n'avoir pas à répondre de leur désir – leur échapper, ne pas devenir leur chose, puisque je me sentais manipulable. Quand je désire un homme, je préfère couper le son, ne pas lui parler. Avec une femme, je parle tellement que je n'ai plus du tout envie de l'embrasser, le désir a foutu le camp, il s'est dissous. Franchement, je me complique la vie. Lorsqu'on m'interroge sur comment j'occupe mon temps, ne sachant jamais trop quoi répondre, je pique aussitôt un fard.

Pas vraiment un manuel, pas vraiment un intellectuel, alors on va dire que je suis un artiste. C'est ce que je répondais à mon oncle quand il me taquinait sur mes velléités, car je sentais bien que ça le faisait ricaner à l'intérieur, il n'y croyait pas tant que ça à ma vocation, sa fille à lui étant prof de droit, son fils ingénieur, j'étais loin du compte. Pas intelligent, je vous dis, un p'tit branleur. *Bête comme un peintre.* Ainsi, un artiste se constitue en apprenant à se débrouiller avec ses propres impossibilités, en faisant de l'inconscient un allié. Pour sortir du manège, il développe une forme d'intelligence qui n'appartient qu'à lui ; il ne prend pas forcément le plus court chemin, sachant déjà que c'est le chemin parcouru qui le modifie. Il ne travaille pas pour les autres, il travaille pour lui, pour se donner une contenance. À chacun sa façon de faire de la place pour accueillir la plus grande altérité, retourner ses peurs, faire taire l'ennemi de l'intérieur. Artiste ou pas, d'ailleurs, on s'en fout. Nul besoin de donner un nom à cette pratique irrégulière, si c'est un enjeu existentiel qui le meut et non un désir de reconnaissance à tout crin. Après, bien sûr, il lui revient de gagner sa vie sans que son activité rémunératrice abîme son travail d'artiste – ce qui, à ses yeux, est le plus solide et n'a pas besoin d'être tripoté par d'autres pour exister. Certaines personnes pourtant bien intentionnées lui en voudraient presque d'avoir réussi à donner forme aux visions qui le hantent, parce que ça les renvoie à leur propre incapacité à converser avec leurs démons intimes ; les redoutant, ils passent par d'autres conduits, cherchent à s'en divertir ; se réjouissant parfois du malheur qui taraude leur vis-à-vis, ils vivent par procuration sa folie douce ou dure.

Comment ils font pour s'en sortir les graffitistes ? me demande un jour une petite fille rencontrée dans le métro. Je n'ai pas su quoi lui répondre, je n'ai pas compris sa question, ou celle-ci me regardait de trop près, car moi aussi je voudrais ne pas être récupéré par le système et devenir un artiste assagi, sûr de son public, sûr de ses outils. Artiste rentier, artiste raté. Autant accuser la crise, pour sortir de l'impasse dans laquelle je me suis mis. Il me revient d'inventer une parade, en me donnant une besogne dans la durée. Des déchets des autres, je fais un trésor, si je le désire. Pas non plus à l'abri de traverser de grandes périodes d'abstinence – des périodes où plus rien n'a de sens. En vieillissant, j'ai appris à ne pas les dramatiser ; je me tourne alors vers des activités répétitives qui m'engagent moins et me libèrent de mes obsessions. Ainsi, je décide de convertir en confettis une partie de mes archives – principalement celles de *mes années pompes funèbres* –, en les découpant à la main, ou à l'aide d'un emporte-pièce. Le temps de mettre au point ma technique. Du reste, je ne suis pas là pour rentabiliser mon talent ou faire exactement ce qu'*ils* attendent de moi. C'est qui « ils » ? Vous l'apprendrez plus tard – où j'ai atterri, je ne vous l'ai pas encore dit. En fabriquant mes confettis, je me mets à l'abri d'une trop grande attente à mon égard.

Dorénavant, je sais quoi faire de tout ce temps mis de côté. Au pays où le ciel est toujours bleu, je n'oublie pas ce paquet d'années à la recherche d'un emploi, ni les jours de grisaille. Dans ces contrées arborées, on me dit que le temps passe vite. En commençant petit, je cherche à éprouver un modèle de temps qui me convient. Je n'ai pas attendu d'être admis en cette utopie localisée pour être regardé par ma propre mort ou celle de mon prochain. Pas de fausse modestie. Badge à l'entrée, le soir venu, la porte s'ouvre toute seule, il suffit de se baisser. Un conte de fées. Je ne suis pas habitué. Dans le geste de faire des confettis, je trouve peut-être une consolation. De quoi je cherche à me consoler ? De quoi je cherche à me séparer ? Trop tôt pour l'énoncer. Vivre ici n'est pas mon rêve. Vivre ici m'incite à m'ouvrir à tout ce qui ne constitue pas à proprement parler mon rêve. Le rêve de qui alors ? Le sens de tout cela ne m'apparaîtra qu'à l'issue de mon séjour, le tri se fera à mon insu. Un temps long de sédimentation pour un temps bref d'expression.

Alors si ça c'est possible, avec les femmes c'est possible, me suis-je dit intérieurement à l'instant de tourner la clef de contact, lors de ma première leçon de conduite, dans la rue en pente devant mon atelier. C'était à Monflanquin, je n'étais plus un gamin, la monitrice de l'auto-école débutait, elle était jeune et enjouée, elle parlait beaucoup, j'ai cependant gardé pour moi cette pensée incongrue. Comme quoi, j'étais travaillé par des clichés tenaces. Le fait de savoir mettre le contact, de tenir le volant, me procurait le soudain sentiment d'être maître à bord et, dans l'instant même, me donnait la possibilité d'allumer le désir – le mien s'allumant tout contre celui, incandescent, de ma partenaire. Ce n'est pas non plus comme si je ne l'avais jamais vécu, j'ai aimé des femmes dans l'adolescence. Au seuil de la vingtaine, je suis passé aux mecs, je m'y suis tenu, je n'en ai pas démordu, le sexe dressé d'un homme me faisant plus d'effet que celui gonflé d'une femme ; je n'y pouvais rien, j'étais pris. Mais pourquoi donc associer le fait de démarrer une bagnole à la possibilité de faire l'amour avec une femme, comme ça, d'un coup, sexe dressé comme baguette magique, la pénétrer et la faire jouir, sans brusquerie, en me rendant attentif à son désir, pas à l'aveugle, en étant confiant, sans avoir peur de lui faire mal, et ainsi, accéder à sa propre jouissance, en me sentant un peu moins seul avec tout ça ?

Si je jette un regard rétrospectif sur ma vie amoureuse, je ne peux pas dire que j'ai eu une sexualité très heureuse. À un moment, la relation devient fraternelle ; l'excitation des premiers mois ne dure pas. Décidément, le sexe n'est pas le meilleur outil de connaissance pour l'éternel candidat au permis de conduire que je suis. Ce n'est pas non plus le plus court chemin pour accéder à mon prochain, ce serait même l'endroit où je m'en sentirais le plus séparé.

Par la parole, je tue le désir. Si je veux baiser, il est préférable que je me taise. Mains vides, bouche pleine – ne pas l'ouvrir. La sexualité sans affect, pas d'autre choix. Le sentiment de ne jamais sortir de soi. Il est vrai que ma mère parlait des mecs comme de la robinetterie, fallait baiser parce que ça faisait du bien ; le sexe devenait de la gymnastique, les gars avaient intérêt à être bien montés et à savoir s'en servir.

Finalement, ma mère s'est résolue à passer son permis à l'orée de la quarantaine, au moment où son couple commençait à battre de l'aile. Ça n'a pas été une mince affaire. Elle a dû le passer sept ou huit fois avant de l'obtenir, elle rentrait en larmes. Le jour où il s'est laissé conduire par elle, mon père suait à grosses gouttes, infoutu de lui donner confiance en elle ; bien sûr, à ses côtés, elle faisait plus de bourdes que si elle avait été seule. Rien à faire ensemble, ou quoi ? Ils ne s'entraidaient pas vraiment. La plupart du temps, mon père la laissait seule avec son désarroi.

Lorsque j'ai découvert l'auto-école à côté de l'entrée de

mon atelier à Monflanquin, je me suis décidé à passer mon permis, loin du trafic de Paris. En résidence d'artiste de novembre à février, j'avais suffisamment de temps. Le code, je l'ai eu. En revanche, au bout d'une quinzaine de leçons, je ne savais toujours pas me garer ou faire la marche arrière. J'étais distrait au volant. Mon regard attiré par une affiche, la monitrice devait être vigilante pour que mon véhicule ne se déporte pas sur le bas-côté de la route. Plus d'une fois, il a fallu qu'elle intervienne pour me remettre sur le droit chemin. Autant j'ai réussi l'installation en carton ondulé dans l'espace d'exposition, en allant au bout du processus qui m'animait, autant j'ai renoncé au permis de conduire, n'arrivant pas à contenir la suée qui me prenait sitôt que je touchais au volant.

Dès notre premier entretien, l'artiste qui m'avait invité à cette résidence m'encourageait à aller du côté de la performance, en faisant quelque chose de ma propension à la parole : cette capacité que j'ai à embarquer autrui dans mon récit, en n'ayant pas peur de me mettre à nu et de raconter des trucs qui, dans le flux, scintillent un instant avant d'être à nouveau engloutis. Je m'en sors par la parole ou m'ensevelis – *comme un homme dont la maison est branlante veut en construire une solide à côté, si possible en se servant des matériaux de la première.*

Il est clair que si je prenais le volant, j'avais peur de me tuer. Une forme de suicide maquillé. Aujourd'hui, j'ai l'impression qu'il y a plus de mecs qui n'ont pas leur permis que de meufs. La peur de se foutre en l'air. La méconnaissance de son corps. Le désir sans emploi.

Et puis, il y a le souvenir des conversations dans la

bagnole avec mon père lors des allers-retours entre Issoire et Clermont. Je connais par cœur les méandres de cette route qui longe l'Allier. Ado, je vivais seul avec ma mère à Issoire, il venait me chercher un week-end sur deux, il m'emmenait avec lui à Clermont, où il créchait dans l'appartement de sa deuxième femme, avec ses deux enfants. Mon père étant sourd d'une oreille, il plaçait les gens de telle manière qu'il les entende mieux ; son fils assis à sa droite dans la bagnole, à la place du mort, ça lui allait. Et moi, j'avais tôt fait de griller toutes mes cartouches dès les premiers kilomètres. Je n'avais pas non plus des tonnes de trucs à lui raconter ; en un quart d'heure, c'était fait. Je finissais par lui dire des choses que j'aurais voulu garder pour moi.

Plus tard, avec les profs des Beaux-Arts, j'ai eu le même sentiment. Nous étions souvent sollicités pour leur parler de nos projets, et lorsque venait mon tour, ne me sentant pas toujours très assuré de la pertinence de celui qui m'animait, j'avais la fâcheuse tendance à me livrer plus qu'il ne fallait, faisant de l'intime le bout de gras sur lequel ils pouvaient se jeter. Me confier à eux revenait alors à creuser davantage le vide. Afin de constituer ma pelote, je préférais garder la chambre. À la place qui m'avait été assignée dans l'atelier, on pouvait lire sur un bout de papier épinglé, écrit à la main : *Torno subito* – mon prof étant d'origine italienne. *Je reviens tout de suite*, oui ! en guise de mot d'excuse, n'ayant pas toujours la patience d'attendre mon tour.

Parler comme on le fait dans une caisse, sans se regarder, côte à côte, avec le paysage qui défile devant soi, les yeux rivés sur le marquage au sol ou la ligne d'horizon, cela ouvre un espace dans lequel tout peut s'engouffrer. On a le temps de ruminer ; on a le temps du repentir ; on s'entend respirer. Si le silence se fait pesant, on a toujours la possibilité d'allumer la radio, pour ne plus entendre la sous-conversation, car il y a toujours un écart, un écho, entre ce qu'on dit et ce que l'autre entend. Dans l'habitacle d'une voiture, ce retard est amplifié. Tout semble tracé d'avance. On a besoin du souvenir de son propre secret. Si on le perd en route, eh bien, on ne se sent plus chez soi nulle part : là où l'on est, on est piégé. On finit par occuper la place qui nous est assignée par celui dont le désir semble plus fort que le sien. On lui attribue ce pouvoir. Il en jouit. C'est comme ça qu'on s'oublie. Ce schéma nous étant devenu familier, on le reproduit, jusqu'au jour où l'on se dit : ça suffit. On se sépare enfin de la camisole que l'on trimballait partout avec soi. Quelque chose, dans notre rapport à la parole, se modifie. Et si l'on s'interrompt, on n'est plus troublé par le silence de son compagnon.

Vous êtes nombreux à écrire, vous savez, m'avait dit sans détour Madame Quentin à Pantin, la cartomancienne recommandée par une cliente rencontrée à l'agence de pompes funèbres où j'officiais alors en tant que conseiller funéraire et maître de cérémonie. À la fin de la consultation, ayant droit à une question qui me tenait à cœur, je m'étais permis de l'interroger sur mon désir intermittent d'écriture ; et comme, jusque-là, elle ne m'avait guère ménagé, je m'attendais à ce qu'elle me réponde franco. Ce dont elle ne s'est pas privée : *Oui, oui… il y a quelque chose, faudra y aller au petit point, écrire court, avec beaucoup d'humour. Vous êtes nombreux à écrire, vous savez.* Oui. Et comme j'avais failli plus d'une fois dans ma vie, je me doutais bien que le chemin serait encore long avant de sortir du sillon qui rendait ma voix inaudible. Du reste, je n'étais pas du genre à gueuler sur les toits mon envie d'en découdre. Animé d'une colère sourde, je cherchais à m'orienter dans le dédale. Mon intention n'était pas d'écrire une success story, mais de rendre compte du trajet qui était le mien : des Beaux-Arts aux pompes funèbres, il y a une rue que je n'ai pas hésité à traverser à la suite d'un bilan de compétences offert par Pôle emploi.

M'étant assez vite conformé à l'attitude contrite de l'employé de pompes funèbres, mon regard était plus souvent tourné vers le bas que vers le ciel, sans pour autant esquiver celui, inquisiteur, des personnes qui me sollicitaient pour l'organisation des obsèques de leur proche. Je n'ai jamais vraiment cru en mon étoile, ou bien je m'arrangeais de celle épinglée dans mon dos, comme un poisson d'avril. Tant que je me suis tenu à cette place, j'avais le sentiment d'être sous la protection des morts que je dérobais à la vue des vivants. Tout entier mobilisé au service des familles endeuillées, la mort ne m'atteignait pas. C'est seulement dans le regard fuyant de quelques-uns de mes anciens collègues que je me suis senti parfois épinglé comme loser. Au fond, je m'en moquais, m'estimant mieux loti dans cet habit d'ombre que dans celui, trop grand, d'artiste rongé de l'intérieur par l'amertume de ne pas accéder au podium, adoubé par ses pairs. Au nom de l'art, parfois, on fait de drôles de trucs.

Paradoxalement, c'est lors de ces années pompes funèbres que je me suis senti le plus artiste, agissant incognito, n'attendant aucune rétribution d'un éventuel supplément d'âme que je pourrais glisser dans la prestation. Autant dire que je ne lui coûtais pas trop cher au patron. De toute façon, je ne faisais pas ce métier pour l'argent. Ça m'a surtout donné l'occasion de choisir mon camp – du côté des vivants – et de me retaper au-dedans. Depuis ? Quinze années vite écornées et me voici accueilli à la Villa Médicis en tant qu'écrivain. Dingue ! L'imposture étant inhérente à nombre de métiers – vrais ou faux –, je délaisse celui, élimé, de maître de cérémonie pour endosser celui, désuet, de marchand de confettis. Aucune raison de m'enorgueillir de l'endroit où j'ai atterri. Nulle raison non plus de m'éterniser ; plutôt le désir de m'*éphémériser*. Ça se dit ? Non, c'est aussitôt souligné en rouge.

Des petites anomalies, chacun en trimballe, et quand les relations se font intimes, il arrive un moment où l'on ne résiste pas à montrer celles qui nous dénudent le plus : ses doigts palmés, sa tache de naissance, son sexe circoncis. Oui, c'est bien ce confetti de peau perdu qui m'a laissé le plus désemparé, parce que l'opération a eu lieu sans qu'on m'ait rien dit, rien expliqué. Dans l'élan, ils en ont profité pour me couper le fil sous la langue. Ils m'ont délié la langue en même temps qu'ils m'ont dénudé le gland. C'est intéressant. C'est intéressant de glisser ça en passant ? Est-ce à ce moment-là que je me suis mis à parler à tout va ? Parler pour mesurer la distance qui me séparait de mon prochain – autant pour l'attirer à moi que l'éloigner le plus possible. À partir de ce jour-là, je me suis senti différent, il y avait quelque chose à cadrer. Aucun ami autour de moi n'étant circoncis, je redoutais le moment de me déshabiller au vestiaire, la douche collective. Assez vite, voir à la dérobée le sexe gris des copains provoquait chez moi un trouble, ça me faisait bander à demi, ils devaient s'en apercevoir. Je voulais tant leur ressembler. Trop tard. La coupure avait bel et bien eu lieu.

Dès lors, je me suis mis à mouliner de travers, en inventant des stratagèmes pour ne pas leur laisser deviner ce qui m'était arrivé. Pareil pour le divorce des parents, je l'ai gardé pour moi, ne sachant plus très bien si c'est leur séparation ou ma circoncision qui m'a fait le plus chialer. J'ai été circoncis à sept ans, mes parents se sont séparés trois quatre ans plus tard. Mon père ne sait pas que je suis circoncis ; je l'ai compris lors d'un bref échange avec lui dans la bagnole, j'étais adolescent. En évoquant le fils de sa deuxième femme et un pépin de santé qui lui était arrivé, mon père m'avait balancé : *Tu te rends compte, il a failli être circoncis.* Comme si c'était une honte, un truc qui vous dévirilisait illico aux yeux des autres – à ses yeux tout du moins.

En l'occurrence, une coupure qui ne fait pas lien. Je ne suis pas juif. Je suis auvergnat. Je ne m'en vante pas. Il arrive que l'on reproche aux Auvergnats ce que l'on reproche aux Juifs. Mon père avait tout d'un Juif. Longtemps, j'ai cru qu'il l'était. Son propre frère l'interrogeait souvent sur son intérêt croissant pour la pensée juive. Les dimanches matin, il écoutait à la radio l'émission « Écoute, Israël ». Je me souviens encore du générique. Ma chambre jouxtait celle de mes parents, j'entendais tout, les engueulades comme les moments doux. Lorsque des films à la télé évoquaient des épisodes de la Seconde Guerre mondiale, je m'identifiais illico au petit garçon juif à qui on demandait de baisser son pantalon au moindre soupçon. À neuf ans, au cours de gymnastique, en faisant le soleil à la barre fixe, je suis tombé sur le coude, je me suis cassé « le petit juif », c'est le nom qu'un psy s'était empressé de m'apprendre lors d'une séance où je lui évoquais cette première fracture. Mon père était venu me chercher dans le gymnase, il m'avait porté dans ses bras jusqu'à la voiture. J'ai tellement aimé ça que je me suis cassé le bras cinq fois – une fois par an, de neuf à quatorze ans. Ensuite, c'est ma mère qui a pris le relais. Elle m'engueulait.

Alors que le contrat passé avec moi-même consiste à me défaire d'une partie de mes archives en les réduisant en confettis, je suis envahi par des bris de l'enfance, comme s'il me fallait à nouveau en passer par un chemin parsemé d'obstacles, de portes successives. Bon. On n'écrit pas toujours comme on respire. On n'écrit pas non plus pour tout garder, tout dilapider. On n'écrit bien qu'*en dessous de sa puissance*.

Plus on vieillit, plus on aime le sucre. Vieillir vite, s'il se pouvait. Carte des vitesses en main, j'aimerais tant m'extirper de la mélasse. Aucune idée de la déflagration que va représenter la mort de mon père – aucune idée de la marge de manœuvre que cela va me rendre ou me retirer. Ce que je suis en train d'écrire ne sera pas lu par lui, seulement par quelques-uns qui l'auront connu et seront curieux de savoir ce que le fils va se permettre en son absence. Ce que j'avais à lui dire, je lui ai dit. Je ne me sens pas de dette envers lui. Si l'argent qu'il me lègue est une bombe à retardement, eh bien, il ne tient qu'à moi de m'en séparer. Ses confettis à lui, c'était l'argent, il me l'a dit. Et moi, je ne vais pas m'improviser entrepreneur ou bâtisseur, même si l'idée de créer un phalanstère me trotte dans la tête depuis quelque temps.

Mort, je le suis déjà, je l'ai déjà été, dans un passé dont je n'ai gardé nulle trace. Aucune raison de reporter la mort ; toujours déjà passée, elle me regarde de loin, de près, elle veille, elle n'est pas mienne. Ainsi les choses suivent-elles leur cours. Silencieusement. Il n'y a pas à s'en faire. *Je sais bien que l'argent n'est pas quelque chose de mental, mais quand même, ça m'a mis dans une situation...* – bribe de phrase entendue ce matin dans la rue. Il y aurait donc ceux qui sucrent et ceux qui n'y touchent pas. *Sugar daddy*, mon tour est-il venu ? L'âge des deuils n'est pas l'âge des renoncements – pas seulement.

Il y aurait dans la mort quelque chose de plus fort que la mort, c'est le mourir même, auquel mon père est dorénavant exposé. Si j'étais méchant, je dirais qu'il kiffe tellement ce moment qu'il risque de se prolonger. De son vivant, entendre son éloge funèbre, c'est tellement grisant. Comme si nous avions déjà assisté à cette scène : père en majesté sur son lit de mourant, entouré des siens venus lui susurrer à l'oreille ce qu'il a envie d'entendre – une belle vie que la sienne, tout entière tournée vers les autres. Un père ou un grand-père de substitution pour quelques-uns, un ami, un partenaire fidèle pour d'autres. Cet après-midi, ayant repris du poil de la bête, il nous a récité dans l'ordre alphabétique les actions qui constituent son portefeuille. C'est ma sœur Sylvie qui lui donnait la réplique. J'assistais à cette énumération de loin, assis sur le fauteuil près de la fenêtre, un peu abasourdi. Ce n'était pas simple aujourd'hui, je n'ai quasiment rien dit. Je l'ai seulement repris au moment où il pensait n'être pas assez méticuleux pour cultiver des vignes. Méticuleux, il l'a été pourtant pour mener ses affaires dans la durée. Mes sœurs et moi, il semblerait que nous ne soyons pas toujours les mieux placés pour recevoir de sa part autre chose que sa messe habituelle. Nous n'avons qu'à l'inciter à reprendre les sujets de conversation qu'il chérit. N'ayant guère d'autre possibilité d'échappée, il s'en saisit. Quelque chose de plus fort que la mort a lieu en lui sans lui.

Homme assis, c'est le titre que j'avais donné à mon intervention dans le cadre d'une exposition collective – *Quel meilleur endroit?* – à la Maison de Balzac, en 2002. Assis sur le rebord du socle de la statue de la Liberté, sur l'île aux Cygnes, huit heures d'affilée, tel un gardien dans un lieu qui n'en réclame aucun. Au sein de l'exposition, un agent de surveillance était assis à quelques mètres d'un moniteur posé sur socle. À chaque début d'heure, il devait glisser un nouveau DVD de l'action enregistrée in situ – un DVD par heure, huit DVD alignés pour matérialiser la durée de son service. Il avait la possibilité de jeter un coup d'œil à cette figure assise au loin dans le paysage urbain, et, à travers cette lucarne, s'échapper par la pensée du carcan.

Un matin, mon père étant venu quelques jours à Paris, je lui ai proposé de me retrouver dans un café près de la Maison de Balzac, avant de visiter l'exposition. Sans l'avoir prémédité, je me suis entendu lui dire à voix haute pour la première fois que son fils était pédé. Et dans l'élan, je ne sais pourquoi, lui rappeler les soirées entières que ma mère passait à l'attendre, assise près du radiateur dans la cuisine, en train de tricoter ou de faire semblant de s'occuper, trop inquiète de le savoir ivre, prendre sa bagnole sur la route réputée dangereuse entre Clermont-Ferrand et Issoire. Quelques années plus tard, ce serait au tour de sa deuxième femme de l'attendre. *Tu leur as quand même gâché des soirées entières*, ai-je fini par lui dire, *elles ne pouvaient rien faire d'autre que t'attendre.*

Au moment de faire mon coming out devant mon père, j'évoque donc la réalité de ma mère, puis celle de ma belle-mère, associant la figure assise à leur silhouette pétrifiée par l'inquiétude. C'est passé, il l'a entendu. Nous nous sommes ensuite rendus à l'exposition, l'avons traversée au pas de charge, puis nous avons passé l'après-midi à picoler, et le soir, avant de me quitter, il m'a simplement dit : *Nous n'avons jamais été aussi proches.*

Au moins, en ma présence, il ne se permettrait plus de dire des insanités sur les pédés. Et je me disais intérieurement que je n'allais pas non plus le ménager ; il était capable d'entendre des trucs qui, si je les ruminais, se retourneraient contre moi. Aucune envie de m'encapsuler, au point de me tenir immobile dans la position assise, comme dans le dessin de Bruce Nauman – *Seated Storage Capsule (for Henry Moore)* – que j'avais pris soin de photocopier lors de mes années d'études aux Beaux-Arts. Figure saisie dans la position assise, vidée de l'intérieur, il n'en reste que la dépouille, sorte de sarcophage – seule la couture visible.

Déjà huit jours de biffés depuis mon arrivée à Clermont-Ferrand, cela risque de durer. J'ai établi mon campement dans la chambre bleue, chez ma sœur Sylvie. Nous avons pris nos habitudes. J'essaie de ne pas trop empiéter sur son territoire. Je m'échappe dès le matin, cherche un endroit où lire, une table de café où me rassembler. Mais il y a toujours une conversation intempestive dans les parages ou un gars qui parle tout seul à son portable ou des allées et venues d'agents municipaux qui tournicotent autour de moi et me distraient de ma tâche. Je n'arrive pas à me concentrer. Le silence n'existe pas, nulle part, je ne suis bien nulle part. Ballotté entre les réalités contrastées de mes sœurs, je tente de m'organiser, me tiens à une vie ritualisée. Je les aime pareil, je dois juste faire gaffe, composer avec leurs différences, me faufiler entre les deux. À tout moment, des tensions peuvent apparaître.

Cette fois-ci, la fin de mon séjour est déterminée par la fin de vie de mon père. Hier après-midi, il m'a demandé quand est-ce que je retournais à Rome, je lui ai répondu: *Le moment venu.* Légère pression de sa main sur la mienne

– comme une décharge affective. Finalement, le courant passe bien entre nous.

Il a demandé à sa femme de chercher l'étymologie du mot « agonie ». Depuis quelques jours, je l'emploie aussi, en réponse aux messages des quelques-uns qui prennent de mes nouvelles : *Nous nous préparons à une agonie lente.* En me relisant, j'intervertis : *Nous nous préparons à une lente agonie* – comme si ça glissait mieux ainsi. Agonie est emprunté au latin *agonia* « angoisse », du grec *agônia* – du verbe *agein* : « pousser », « mener » un troupeau.

Son angoisse de mort, il nous l'exprime depuis plus de trente ans. Ma sœur aînée a sans doute été la plus exposée : *Je vous en réserve une bien bonne pour mon enterrement.* La dame du bilan de compétences, mon histoire familiale, elle l'avait assez vite pigée, ce n'est pas pour rien qu'elle m'avait proposé d'entrer dans les pompes funèbres. À ses yeux, c'était la meilleure parade pour tenir à distance le père et ses délires – le père et ses désirs.

Je crois dans les forces de l'esprit, m'a glissé le paternel non sans ironie, faisant allusion à la phrase choisie par Mitterrand pour clore ses ultimes vœux. Si je pouvais, par les seules forces de l'esprit, faire quelque chose pour lui et accélérer le processus, il ne serait pas contre, me fait-il comprendre. Je lui avoue m'être contenté d'allumer un cierge à la cathédrale de Clermont le matin même, en bricolant une courte prière, avec des mots tout simples et un signe de croix.

Me reviennent la mélopée de *Je t'aime moi non plus* et le slow lascif que ma mère et moi avions dansé, enveloppés par la voix chaude de Gainsbourg. C'était dans l'appartement de ma sœur Pascale, rue Lamartine. Nous devions être légèrement éméchés ; sinon, cette scène aurait juste été inimaginable. Ma mère avait alors une belle cinquantaine, et moi j'étais au seuil de la vingtaine. Elle était parfois capable de ce genre d'échappée. Lorsqu'elle se laissait aller, il y avait de la vitalité en elle – rien d'alambiqué, de la drôlerie. Et depuis, chaque fois que m'est donnée l'occasion de danser, j'attends d'être bien bourré pour faire des sauts de cabri sur la piste, et c'est encore et toujours avec des femmes que j'aime danser. Le petit dernier ne se départ pas du folklore familial ; il le perpétue à sa façon, sa mère continuant de virevolter en lui. L'autre nuit, elle lui est apparue tout de blanc vêtue, pomponnée comme jamais, lumineuse. Nous étions une grande tablée, et lorsqu'elle a débarqué, je me suis levé, ai tendu la main dans sa direction, en disant haut et fort devant l'assemblée, fier d'elle : quatre-vingt-six ans !

Je n'ai pas la mémoire de mon père. Je n'ai pas son intelligence. Pas sa joie. Je ne suis pas animé par le même désir. Je n'ai pas sa niaque. Il y a quelques années encore, lorsque je le quittais après une grande partie de la journée passée avec lui, souvent anesthésié par l'alcool, je me sentais tout vide, il me donnait l'impression d'avoir tout compris à la vie, d'être toujours du bon côté, tandis que j'avais le sentiment de rien n'y comprendre, d'être déjà passé *de l'autre côté*. C'est l'expression qu'avait choisie une amie africaine de Pascale à qui je plaisais bien : *Ton frère, il est de l'autre côté, je le sais, je n'y toucherai pas.* Petit frère, devenu messager de celles et ceux qui, comme lui, l'ont précédé dans la voie étroite.

Tiens bon, lui ai-je dit comme un con en le quittant hier après-midi, me reprenant aussitôt : *Abandon*… Ne finissant pas ma phrase. Il a compris. Oui, il n'est plus question pour lui de tenir bon, mais de s'abandonner. Cela ne relève pas d'une décision de sa part, c'est comme une lame de fond en lui, un creux qui se fait, un pli qui se défait – tout doucement, brutalement. Vlan ! Durif ! Jean ! Où ? Ventre vide, il est parti. Stop. Il n'est pas encore parti. En assistant à sa lente agonie, je comprends ce qu'on nomme le travail de trépas.

Sucre ou pas ? – Bientôt, plus de papa, plus de nougat.

Un homme vient de me demander si je suis de la galerie face à laquelle je suis installé depuis bientôt deux heures, à la terrasse d'un café, avec une tasse vide près de l'ordi, et un parasol déplié au-dessus de ma tête. Sur le trottoir en vis-à-vis, un gars au téléphone fait les cent pas, il a une voix qui porte, il semble bien emmerdé, il est en train de démêler une situation, il doit bosser à la mairie, il a un bon accent auvergnat, il vient de raccrocher.

Les conversations autour de moi s'animent, chacun monte le son – ça parle, qu'est-ce que ça parle, on ne s'entend plus. L'écriture, planche de salut ? Tu parles. Qu'est-ce que tu parles ! Mon père mort, est-ce que je parlerai moins ?

Écrire équivaudrait à garder le silence, ou tout du moins à faire entrer du silence. On parle trop, comme on meurt trop. On est *gros* de toutes ces paroles vieillies. À la fin, elles se résorbent en chagrin – une crise de larmes, une pluie de confettis. À la fin, c'est la phrase qui pense. Une phrase en entraîne une autre. Une phrase en efface une autre. Écrire n'est pas parler. *On parle pour rompre la solitude; on écrit pour la prolonger.*

Cet après-midi, mon père n'est plus celui qu'il était la veille; sa conscience altérée, sa tête renversée en arrière, un œil mi-clos, l'autre fermé; bouche ouverte, sa respiration sonore, saccadée. Ses jambes tremblaient sous le drap lorsque je suis entré dans sa chambre. Je lui ai pris sa main, encore tiède, dans les miennes. Je lui ai dit tout bas que son fils était là. Puis j'ai continué à lui parler dans ma tête, sans le regarder. J'ai fini par caler ma respiration sur la sienne, ne trouvant rien d'autre à faire. Hier, il m'a appris qu'il avait assisté à ma naissance. Aujourd'hui, j'assiste à son agonie.

L'hôpital où l'on meurt à Clermont-Ferrand est situé à la périphérie; il me faut prendre le tram jusqu'à Croix-de-Neyrat, puis le bus 21 jusqu'à son terminus. Ici, on n'accueille *pas d'urgences*, c'est écrit sur le panneau à l'entrée de l'établissement.

Mon père est mort ce matin. Nous sommes le 16 juin. Son corps réduit à un point – dans le temps et dans l'espace. Confetti. Qu'est-ce qui se passe en lui ? En lui, la vie tarie. Qu'est-ce que tu fais de lui ? à côté de lui ? Dorénavant, sans lui. Dedans moi sans lui ? Avec. Dedans lui sans moi ? Oui.

Ho paura, ce sont les premiers mots en italien que j'ai appris, il y a tout juste un an, je ne pouvais prédire la mort de mon père. Sur la feuille blanche que je lui ai tendue, Davide a écrit au feutre noir en lettres capitales : ~~IO~~ HO PAURA. Le voyant barrer le « IO », je lui ai aussitôt demandé de me traduire la phrase de Deleuze : *L'émotion ne dit pas « je »*. Aussitôt, il a écrit : L'EMOZIONE NON DICE « IO ». Et juste au-dessous, la conjugaison du verbe AVOIR et celle du verbe ÊTRE. La tonalité du texte à écrire était donnée, je n'avais pas à chercher plus loin. Cela commence par la peur : la peur de commencer, la peur de ne pas réussir à parler dans une autre langue que la mienne, la peur de ne pas réussir à me passer du « je ». Au seuil de la Villa Médicis, j'ai l'espoir de les conjurer l'une après l'autre, en endossant l'habit d'un *Marchand de confettis* ; cette figure apparue lors de ma dernière sortie en tant qu'artiste-promeneur, il y a trois ans, c'est une façon de la réactiver dans un contexte qui me semble plus propice.

À l'occasion d'une exposition collective à Tbilissi, en mai 2019, j'avais voulu donner forme au rêve d'un portefaix :

celui de vendre ses confettis aux abords d'un stade géant, avant un match de foot. Dans l'installation in situ, on entrevoyait ma silhouette courbe, en train de remplir les sachets de papier kraft de confettis blancs, au-dessous d'un drap tendu en guise d'écran, sur lequel était projeté le film de sa marche ralentie par le poids de son fardeau – action enregistrée avec un ami près du Stade de France à Saint-Denis, en amont de notre périple.

Le soir du vernissage : pas un chat, un entre-soi. Le rêve est alors devenu cauchemar ; l'attitude arrogante du jeune curateur à l'égard des artistes conviés m'ayant révoltés, je me suis autoéjecté. Le fiasco de cette exposition a été la goutte d'eau, on ne m'y reprendrait plus. Décidément, je n'arrivais pas à composer avec ces roitelets du monde de l'art, dont le comportement ne coïncide guère avec les valeurs qu'ils brandissent comme étendard. L'investissement personnel dans le montage de cette exposition et les services rendus me semblaient disproportionnés au regard de la piètre considération pour les artistes jetés en pâture dans cette aventure.

Au retour de Tbilissi se sont évanouis le rêve du *Marchand de confettis* et, par ricochet, celui que je trimballais depuis mon départ de l'agence de pompes funèbres : développer un art de la discrétion lors de performances muettes dans l'espace public comme dans celui d'exposition, endossant tour à tour l'habit d'*homme-sandwich* et celui de *vitrier* – figures anachroniques dans la ville. *Marchand de confettis*, c'était le dernier. Au sortir de ce four, les mots ont commencé à s'agréger d'une drôle de façon dans ma tête, provoquant des images plus fortes que celles que je peinais à produire dans la vraie vie.

Artiste à l'arrêt – ou comment le remettre en mouvement, lui trouver un environnement où il lui serait loisible d'expérimenter de nouvelles formes. Je m'étais en effet arrêté à ce pauvre bougre qui n'arrivait pas à écouler sa marchandise, pris dans le dispositif de cette exposition fantôme à Tbilissi. Mais non, c'est bien plus tôt que le processus s'est enrayé, je travaillais encore dans l'atelier de Thomas Hirschhorn à Aubervilliers. Au sortir des Beaux-Arts, j'ai été l'assistant de cet artiste suisse installé à Paris, dont la renommée ne cessait de croître à l'époque ; ses installations proliférantes exigeaient alors de plus en plus de petites mains en coulisse. Durant les cinq années passées dans sa *factory*, j'avais résolu la question économique, je gagnais correctement ma vie ; mais en tant qu'artiste, si je ne voulais pas être broyé, j'étais bien obligé de me déplacer dans ma propre pratique. C'est à ce moment-là que j'ai décidé de m'en tenir à des tâches subalternes lors des expositions auxquelles j'ai été invité à l'orée des années 2000 : le geste du ménage avec la performance intitulée *Homme d'intérieur*, suivie de celle du *Plâtrier peintre* – la durée du chantier recouvrant celle du *solo show* –, puis *Homme assis* à la Maison de Balzac. En vue d'une résidence d'artiste à Berlin, pour clore la série, j'avais écrit un projet intitulé *Homme trou* ; je l'avais lu à mon père. Au désir que j'exprimais de m'enterrer vivant, en rejouant la scène de la servante dans le film *Théorème* de Pasolini, il avait acquiescé. En amont, je tenais également à enterrer tout ce que j'aurais produit sur place, objets et déchets compris. Finalement, le projet a été retoqué.

C'est le récit de ce dernier qui a incité la dame du bilan de compétences à me proposer de travailler dans les pompes funèbres quelque temps plus tard. Elle avait frappé juste, en trouvant le meilleur antidote aux années Hirschhorn, la meilleure façon de me remettre dans le mouvement de la vie. Je n'avais plus qu'à encaisser les récits de celles et ceux que j'accompagnais, éprouvés par la mort d'un proche. Cette fois-ci, ce n'étaient pas des images de corps détruits que j'allais devoir découper ; j'étais tout entier mobilisé pour répondre à leur demande d'un rituel – laïc ou religieux – en respectant le corps de leur défunt, les conviant à la chambre mortuaire, avant qu'il ne soit dérobé à leur vue. C'est au cours de cette expérience dans les pompes funèbres que j'ai compris la force des récits gigognes qui nous constituent, autant chez celui qui relate ce qu'il a vécu ou enduré que chez celui qui l'écoute et lui prête une réelle attention. À l'époque, je ne connaissais pas ces lignes de Walter Benjamin sur l'art de raconter des histoires : *La mort est la sanction de tout ce que relate le conteur. C'est de la mort qu'il tient son autorité.*

Sur la carte de visite de pensionnaire de la Villa Médicis, j'ai tenu à ce qu'ils inscrivent *mercante di coriandoli* au lieu de *scrittore*, pressentant les microrécits que cela pourrait susciter au moment de tendre celle-ci à mon interlocuteur : un ex-croque-mort devenu écrivain sur le tard, admis à l'Académie de France à Rome, choisissant d'endosser l'habit d'un marchand de confettis, pour pouvoir poursuivre l'histoire à sa guise. Comme si, après un long voyage au pays des morts, je cherchais à en restituer des bribes, en rejouant quelque chose de cet *homme trou* qui n'avait pas eu le temps de se déployer lors de sa résidence à Berlin, ou encore de ce marchand de confettis égaré dans cette exposition d'art contemporain à Tbilissi.

Finalement, les choses n'ont lieu que lorsqu'on se détend à l'intérieur. Là où il y a du jeu, il y a de la joie, une marge de manœuvre nous est rendue, il est possible de s'ébrouer un peu. L'écriture m'ouvre donc à cet espace de jeu. *La fatigue disparaît dans la phrase*. Entre un geste furtif de dispersion et un geste lent d'enfouissement, je semble hésiter. Apparemment, je n'en ai pas encore fini avec mes histoires de croque-mort. L'envie d'en sortir est pourtant forte. Taraudé par les mêmes questions : comment redonner vie au vieux fossile qui gît au fond de moi ? *Ci-gît l'amer*. Comment agencer les éclats de voix collectés au gré de mes virées ? Vies brisées, dégringolées. Comment restituer les récits de ces destinées qui m'ont tant ému lorsqu'ils m'ont été confiés ?

Il y a trente ans déjà, l'amie Amapola disait de moi que j'étais un *nostalgique de la veille.* Elle avait l'art de distiller des formules bien senties. Je l'avais rencontrée lors d'une soirée chez une amie des Beaux-Arts. Étudiante à l'école Penninghen, elle avait construit son projet de diplôme autour du pli en architecture. Elle s'était donné des règles très précises qui résolvaient à chaque étape de son raisonnement les questions de choix de matériaux et d'architecture intérieure qui, au fond, l'enquiquinaient. Nous avions un goût commun pour les figures géométriques nous permettant de passer de la deuxième à la troisième dimension. Tandis que je fabriquais des chapeaux en papier à partir de rubans de Möbius, elle réalisait des maquettes d'architecture en carton avec une virtuosité qui forçait l'admiration.

Dans ses dessins d'enfant, elle saisissait en quelques traits ses trajets à l'intérieur des espaces qu'elle arpentait par l'imagination. Gamine, elle s'ennuyait beaucoup ; elle s'était inventé une demi-douzaine de sœurs pour se tenir compagnie. Sa mère l'avait stoppée net dans sa fantasmagorie. Son père, professeur de mathématiques dans un lycée en

Normandie, se réfugiait le soir dans ses livres d'astronomie. Cherchant à l'occuper, il lui avait mis dans les mains un livre pour apprendre à faire soi-même des origamis. Elle s'en était emparée avec appétit et c'est ainsi qu'elle avait acquis cette dextérité dans le maniement du papier via cette technique du *pli-vallée*, *pli-montagne*.

Nous partagions cette mélancolie vive qui datait de ces années d'apprentissage. Nous passions des nuits entières à parler devant la fenêtre de ma chambre de bonne, en buvant des bières et en décortiquant des pistaches. Lorsque j'ai interrompu mes études aux Beaux-Arts et accepté la commande du Professeur Truc, elle a été la seule à me rendre visite et à soutenir la vue des diapositives à partir desquelles je réalisais les illustrations de techniques opératoires en chirurgie gynécologique. Elle m'aidait à dessiner les instruments en contre-plongée, en corrigeant la perspective ; je n'y arrivais pas.

Tu ne crois pas que ton amie Amapola est un peu trop équilibrée ? m'avait dit, narquois, Olympio, en descendant la rue de Ménilmontant, alors que nous passions à côté de chez elle. Non, elle avait aussi ses failles. Elle n'arrivait pas à se faire à manger. Pendant ses années d'études, elle s'était nourrie exclusivement de bananes et de jambon blanc sous cellophane. Elle était gourmande pourtant. Je lui faisais à manger. Nous nous sommes ainsi accompagnés une dizaine d'années. Pas une semaine sans se voir.

Elle a rencontré mes parents ; ils l'appréciaient beaucoup. Elle écrivait une carte de vœux à ma mère chaque année. Elle écrivait aussi bien qu'elle dessinait. Ses parents ont préféré lui payer une école privée pour qu'elle ait un métier à la sortie. À mes yeux, elle était une artiste. Et, par ricochet, elle m'aidait à l'être. Elle rendait tout possible ; elle était dans le faire, pas seulement dans la gamberge. Et puis, elle a entrepris une analyse ; et puis, elle s'est mise à son compte avec l'un de ses anciens collègues dont elle était amoureuse. Ils ont ouvert ensemble une agence d'architecture intérieure. Nous nous sommes éloignés. J'ai appris à me débrouiller sans elle. Elle m'a manqué terriblement.

Quelques années plus tard, après avoir été l'assistant de Thomas Hirschhorn, je coupais avec le monde de l'art, en m'engageant dans les pompes funèbres comme d'autres entrent en religion. C'est lors de l'une de mes premières sorties en tant que maître de cérémonie, traversant tête baissée un passage clouté boulevard du Montparnasse, que mon corps s'est cogné au sien. Éberlué par cette collision, je n'ai pas su quoi lui dire, comme dans une scène de film mal jouée. Qu'est-ce que je foutais là dans cet accoutrement noir et blanc ? C'était trop long à raconter. Elle était pressée, moi aussi. Que le hasard ait voulu que nos trajectoires se croisent à cet instant précis de nos vies respectives m'avait laissé pantois.

Peu de temps après, toujours lors d'un déplacement professionnel, en levant les yeux vers la personne assise devant moi sur la banquette du métro, j'ai été stupéfait de reconnaître son visage impassible. Cette deuxième rencontre fortuite était d'autant plus surprenante que je ne prenais jamais le métro à cette station, ni à cette heure de la journée. La scène était muette, nous n'avons pas ouvert la bouche. Sur le moment, ça m'a fait un peu mal. Après coup, je me suis raisonné, comme s'il fallait en passer par là pour réussir à me séparer pour de bon. Nous avions été si proches ; il n'était pas aisé de me défaire de cet *être indispensable* qu'elle avait représenté à mes yeux. Les limites de l'amitié amoureuse, nous les avions atteintes. Impossible de revenir en arrière.

Après une longue errance, il m'incombait d'inventer un chemin qui me donnerait un accès privilégié à mon prochain. Ce dernier m'a conduit dans les allées des cimetières et les conduits des crématoriums. Attentif aux récits des familles que je recevais, je me suis redressé, découvrant des forces de vie que je ne soupçonnais pas. C'était hier. C'était il y a longtemps – qu'importe. Ce qu'ils m'ont confié, je n'ai pas à le divulguer. En revanche, la confiance qu'ils m'ont accordée continue d'agir au fond de moi.

Je n'oublie pas non plus que j'ai écrit mes premiers textes sur l'ordinateur d'Amapola. Je n'en avais pas à l'époque. Elle me laissait les clefs de son appartement ; je m'y rendais en son absence. Elle m'avait appris les rudiments de l'écriture via un traitement de texte. Donnant libre cours aux flux de conscience qui me traversaient, ça m'a tout de suite plu. Après une session d'écriture-continuum, j'avais le sentiment d'avoir fait quelque chose. Ce texte écrit au fil des semaines chez elle, je l'ai remis aux membres du jury le jour de mon diplôme aux Beaux-Arts. Le matériau autobiographique que j'exhumais alors pour la première fois était le même que celui que je manie aujourd'hui. Je le découpe autrement. Ces amitiés défuntes me constituent tout autant que celles, vives et actuelles ; une amitié se ramifie dans une autre. Des échos, des signes. Avec ces êtres devenus fantômes, la conversation se poursuit – en sourdine.

Lors de mon transbahutement en Italie, j'ai emporté : sœurs, amis, amant imaginaire, père, mère, et leur cancer dormant, la menace de la mort à tout moment, des cartons de livres, des cahiers vierges, des classeurs bourrés, des traces de vie passée, des notes manuscrites jamais relues, des tas de papiers que je voulais détruire, des boîtes remplies d'images découpées, des tapuscrits dont je ne retiendrais que quelques bribes, avant d'en faire de la charpie et de les voir se disperser sous mes yeux. Écrire pour oublier.

D'un côté, recopiant à la main dans mes cahiers des fragments d'écrits d'auteurs que j'apprécie, j'ai l'espoir que ces lectures me modifient ; d'un autre, lorsque je réussis à écrire quelques feuillets « pour moi », c'est avec l'intention de me séparer de ce que je viens de raconter. Au geste d'écrire, j'associe celui de déblayer.

De quoi je cherche à me délester, je ne sais pas exactement, je ne pèse pas bien lourd pourtant. Poids léger, la moindre bourrasque pourrait me faire tanguer. De quoi je réponds en me défaisant ainsi d'une partie de mes archives ? Pourquoi les réduire en confettis, au lieu de les brûler tout simplement ? Bien sûr, il ne suffit pas de les détruire pour accéder illico à une autre vie, me séparer d'un trait de mon passé, ce serait trop simple. Le disque dur de mon ordinateur en dit sans doute beaucoup plus long sur ma vie intérieure que l'ensemble des objets que je manie quotidiennement dans mon appartement et qui, un jour, seront maniés par d'autres, évacués ou détruits par d'autres mains. D'où l'injonction « Efface tes traces » qui résonne en moi comme un avertissement. Il ne suffit pas de faire la poussière, il faudrait aussi effacer ses traces au fur et à mesure ; mais c'est à devenir fou, je passe déjà assez de temps comme ça à faire le ménage. Il m'est plus difficile de me séparer de livres lus et relus, de phrases recopiées à la main sur des bouts de papier que d'objets dotés d'une plus grande valeur – matérielle ou sentimentale.

À la Villa Médicis, je suis à l'abri du besoin. Il est possible que cette soudaine sécurité matérielle me paralyse, c'est le danger. Il m'incombe de réactiver le fonds d'histoires que je charrie. Et d'autres que je ne connais pas encore. Il est des livres leurres, comme il est de faux amis. Les occasions de parler de mon projet-confetti ne vont pas manquer ; j'espère ne pas l'esquinter en cours de route. L'adversité a du bon, les écueils indiquent un chemin. Les conditions optimales obtenues, je suis aussitôt mis à nu. Je vais devoir biaiser, inventer une parade. *Écrire, être sincère et nu, nul ne le peut.*

Comme tout le monde, en situation extrême, en temps de guerre, je me demande si je serais lâche ou trouillard ou brave ou courageux ou entre les deux – jusqu'où je serais capable d'aller pour sauver ma peau ? Ou bien, pour en finir au plus vite, serais-je tenté de me jeter direct dans la gueule du loup ? Sur le champ de bataille, faire le mort. Se laisser piétiner par d'autres. Buter contre un corps ouvert, encore fumant. Il est plus difficile de soutenir l'odeur d'une charogne. L'odeur d'un corps mort ne vous quitte pas. Tenace, vous la reconnaissez entre toutes. Elle est bien pire que celle d'un œuf pourri. Quant à ce tas de vieux chiffons en train de moisir au fond du placard, qu'est-ce qu'on ne ferait pas pour l'ignorer ! Il arrive pourtant que l'on se construise sur du pourri. Quand le plancher de sa maison est pourri, on est bien obligé de faire attention à l'endroit où l'on marche.

Ce que j'ai fait de mieux dans la vie, je l'ai fait à quatre pattes. Un jour, j'écrirai sans béquilles. Devenir quelqu'un d'autre, oui, je voudrais bien, mais c'est vain, je n'en ai pas les moyens. Ou bien me faudrait-il écrire pour de bon, jour et nuit – pour faire entrer la nuit dans ce que j'écris. Il est des nuits lumineuses, des nuits où l'on voit clair et loin.

Je voudrais entrer tout entier dans la personne d'un autre homme sans l'empêcher d'être lui. C'est qui, c'est quoi cet autre avec lequel converser *sans l'empêcher d'être lui* ? Est-ce cela aimer ? Ne pas vouloir abolir cette distance qui me sépare de lui ? Est-ce que je le reconnaîtrai quand il entrera dans la pièce ? Ou l'ai-je déjà perdu de vue depuis longtemps ? Cet homme que j'ai aimé, peut-être lui ai-je trop demandé, c'est pour ça qu'il est parti. Il trouvait notre relation trop fraternelle, m'a-t-il dit. On ne couche pas avec son frère, c'est vrai. Depuis, je n'ai pas cherché à le remplacer ; j'en ai pris pour dix ans. Je me suis cramponné à ma table, tel un radeau flottant en plein milieu de la pièce, qui me donnait le sentiment d'être au travail, avec, au loin, une ligne d'horizon. Aujourd'hui, si je m'écoutais, je réclamerais bien deux tables : l'une pour écrire, l'autre pour *désécrire.*

Transformer ces liasses de papier en confettis va me prendre un temps fou, mais n'est-ce pas cette folie que je cherche à atteindre en m'engageant dans cette besogne ? Voir un monticule de confettis sur l'établi me donnera le sentiment d'avoir fait quelque chose de ma journée. À défaut d'écrire quelques feuillets, j'aurai rendu illisibles des tas de notes manuscrites, réduisant en miettes tous mes efforts pour appréhender cet autre auquel je m'adresse lorsque je me décide à écrire. Mais je sais bien qu'il ne suffit pas d'avoir envie d'écrire pour écrire. En attendant, faire mes confettis m'oblige à aller à mon établi et je ne pense à rien d'autre, ne relisant pas mes notes, ne faisant pas semblant d'écrire. Seule l'irruption d'une mouche dans mon intérieur pourrait me distraire de ma tâche. Je ne suis pas sûr non plus de pouvoir rendre quelque chose des remous qu'elle produit en moi lorsque je l'entends se cogner la tête contre les vitres.

Chacun est son prisonnier et n'écrit rien que sur les murs de sa prison, mais sa prison le délivre. Autant choisir sa prison et se donner un truc à faire. *Il s'emprisonne et s'évade de sa prison.* Il serait peut-être temps de changer de mot de passe. Je remplace illico le mot « croque-mort » par le mot « confetti » et je verrai bien ce qui se passe. Ma place au soleil, je la cède à qui veut bien la prendre, tandis que celle qui me retient dans l'ombre, je ne la quitterai pas tant que je ne serai pas allé au bout de mes réserves de papier fin – à broyer menu. Dans les tâches manuelles, je m'évade davantage, exerçant quelque chose en moi que je sens beaucoup plus vaste que la simple satisfaction d'accroître mon avoir.

Tu me donnes à boire, sinon je dis tout. Tu me fais fumer, sinon je dis tout. C'est ce que je disais à ma grande sœur Pascale, quand débarquait à la baraque sa bande de copains. En quelques heures, la maison était sens dessus dessous, la tête me tournait et, pour attirer l'attention du grand Bernard, je dansais devant lui comme un asticot. Vous imaginez bien qu'ils le trouvaient sympa le p'tit frère et qu'ils le faisaient fumer et lui donnaient à boire autant qu'il en voulait. Éméché, j'allumais des petits feux autour de la baraque. Un jour, j'ai réussi à faire cramer un demi-thuya. C'est la voisine qui, un beau matin, a dit à ma mère ce qui se passait quand elle avait le dos tourné, parce que moi, je n'ai jamais cafté. Bien sûr, il m'arrivait d'avoir le ventre noué ou la nausée de tout ce que j'avais ingurgité, je n'étais pas bien vieux tout de même, sept ou huit ans. Aussi souvent qu'elle le pouvait, ma grande sœur m'embarquait avec elle dans ses virées, je lui servais d'alibi : *Je vais promener François.* Et moi, je me laissais promener et j'en voyais des trucs que je devais garder pour moi, j'étais plein à craquer à la fin de la journée, je n'en revenais pas d'avoir à assister à tous ces débordements, sentant bien que ma grande sœur, elle, ne pouvait pas faire autrement que se dépenser ainsi le plus possible. Du reste, je n'ai jamais eu sa vitalité, mais ça ne m'embêtait pas de la suivre dans ses dérives, parce que ses excès me tiraient du côté de la vie. Si je suivais ma pente, l'anxiété m'empêchait de sortir de ma chambre. Sur les photos de l'époque, j'ai toujours la tête penchée.

D'où elle vient, cette tristesse, je n'en sais trop rien ou préfère ne pas le savoir, c'est pourquoi je fais mienne la phrase de Robert Filliou : *La joie est l'accélération de la tristesse*. Je me la répète souvent. Il ne tient qu'à moi de trouver le bon tempo. La douleur des autres ne me fait pas peur, je la comprends. Une vraie éponge. Aussi l'habit du croque-mort m'allait-il comme un gant. Et maintenant, quel autre habit endosser ? Le temps qui m'est donné, je le découpe comment ? Et d'ailleurs, ça se découpe le temps ? ça se brise ? À la question « Qu'est-ce que tu fais de ta liberté ? », qu'est-ce que je réponds ? Être libre, c'est avoir du temps – du temps devant soi. Et assez de temps derrière pour pouvoir s'y adosser.

Tu vas voir, si ça continue comme ça, je vais faire fortune avec mes confettis. Partir de rien et finir avec quatre mètres sous plafond. J'te dis pas comme le chemin a été long pour en arriver là. Pas grave. Maintenant que j'y suis, j'y reste. Ils ne me délogeront pas comme ça. On ne peut pas dire de moi que je suis un arriviste. Apparemment, je n'étais pas pressé d'arriver. Aux jeux d'art et d'argent, jusque-là, je n'avais jamais joué. Encore faut-il un certain détachement pour gagner de l'argent, ne pas avoir peur d'en perdre ; mon père l'avait compris depuis longtemps. De mon côté, je n'ai jamais envisagé de gagner ma vie avec mon travail artistique. Chacune des expositions était l'occasion d'une dépense en pure perte. Je proposais mes services : faire le ménage à fond ou repeindre les murs. Pour rien. Comme si j'avais quelque chose à me faire pardonner. Le prix à payer pour exposer. Mon père n'y comprenait rien à ma façon de procéder. Je devenais sa danseuse. Jusqu'au jour où je suis entré dans les pompes funèbres. Là, il m'a foutu la paix.

Père : marchand de biens. Fils : marchand de confettis. Ça me va. Admis à l'Académie, je suis paré, fais feu de tout bois, joue avec ce qui me faisait le plus peur. *Dès que vous cessez de vouloir quelque chose, vous l'obtenez.* C'est un principe auquel s'est tenu Andy Warhol ; il le délivre dès les premières pages de *Ma philosophie de A à B et vice-versa*. Il annonce la couleur : *Après avoir fait ce qu'on appelle « de l'art » (ou ce qu'on veut), j'ai plongé dans l'art des affaires. Je voulais être un « businessman de l'art », ou « artiste des affaires »*. Si j'étais fabriqué comme lui, je me réjouirais du lieu prestigieux où j'ai atterri aujourd'hui – quel meilleur endroit pour faire de bonnes affaires ! Mais non. Je ne suis qu'un gagne-petit. Au sortir des Beaux-Arts, on m'avait pourtant averti : *Si t'as pas fait d'argent dans les dix ans qui viennent, n'espère pas t'en sortir plus tard. À la cinquantaine, c'est cuit.* Encombré de références, je n'arrivais à rien.

Confetti, c'est simple – c'est simple à raconter, tout le monde comprend. Maintenant, je sais quoi faire – quoi faire de mon temps. De l'âge des deuils, je suis passé direct à l'âge des possibles. Un soudain coup de jeune avant un cruel coup de vieux. *Profite*, qu'ils me disent.

Un jour, nos pères meurent, nous le savons déjà, mais nous faisons comme si, nous faisons comme si nous ne le savions pas, jusqu'au jour où vient le tour de notre propre père. C'est là, devant nous, il ne nous est plus possible de regarder ailleurs.

Parmi les artistes que j'ai eu l'occasion de rencontrer, il y a ceux qui s'excuseraient presque de faire ce qu'ils font, et d'autres qui kiffent tellement ce qu'ils font qu'il n'y a plus aucune place pour le doute ou le suspens. Pour ma part, si, à un moment donné de mon parcours, j'ai décidé d'arrêter, ce n'est ni par orgueil, ni par autocensure, c'est plutôt la peur d'être encombré par ce que je faisais qui m'a incité à bifurquer. Matériellement, je n'avais ni l'espace, ni le luxe de temps que réclame cette activité, ou alors je n'ai pas su me donner les moyens, comme ils disent, mon désir d'extension n'étant pas assez fort. Soudain, la nécessité de me défaire de tout ce que j'avais pu produire jusque-là m'a sauté à la gueule. J'ai choisi de me déplacer sur un terrain où le travail serait invisible, l'intime soluble. Un artiste dans une peau de croque-mort ; un croque-mort déguisé en artiste.

Quelques pas plus loin, rien ne m'empêche de continuer mes découpages, d'épingler au mur mes images – dans mon dos, tout autour de ma table. Du reste, elles n'entrent qu'indirectement dans le processus d'écriture, ne cessant de migrer d'un coin à l'autre de la pièce. Si elles m'accompagnent depuis si longtemps, c'est que j'en ai besoin.

Parfois, c'est la compagnie d'artistes conquérants qui est susceptible de vous couper dans votre élan ; la tentation est grande alors de se comparer à eux et de leur prêter une puissance qu'ils n'ont pas forcément. Pour remédier aux méfaits du circuit fermé, il est préférable de côtoyer des êtres qui n'ont rien à voir avec l'art et ses lieux de détention : des gens qui vous parlent d'autre chose, ne sont pas dans le jugement permanent, ne se sentent pas appartenir à une élite, et se moquent bien d'avoir bon ou mauvais goût. L'art se fomente en dehors du monde de l'art. Mieux vaut ne pas chercher à en vivre.

Dès mes premiers pas vers lui, le mot « confetti » m'a réservé une surprise, celle de contenir un autre mot plus rond et plus joli : *coriandoli*, le mot italien pour désigner ce que nous, en France, appelons « confetti ». À l'oreille, il sonne bien. Son et sens semblent se ramifier dans un temps plus long que celui évoqué par le mot « confetti ». Le philosophe Marc-Alain Ouaknin l'associe à la manne, au pain tombé du ciel dont se sont nourris les enfants d'Israël lors de la traversée du désert : graines de coriandre enrobées de sucre blanc qui avaient le goût d'une galette de miel. Ils ne se sont pas empressés de le nommer, préférant l'appeler le « qu'est-ce que c'est ? ». En mangeant du « qu'est-ce que c'est ? », ils maintiennent un écart entre le monde clos des mots et celui infini des choses. C'est précisément ce à quoi m'ouvre cette recherche – *le monde est clos, le désir infini* –, sans passer par l'étude de livres érudits, m'en tenant à une pratique d'amateur. Ces deux mots accolés – *confetti-coriandoli* – produisent des gestes, des images, des tracés, des trajets, comme autant de segments de temps. Je me laisse aussitôt déborder par la myriade de papillons de neige qui volettent autour de moi. Si les mots ne coïncident pas toujours avec ce que je voudrais dire, je ne m'en offusque pas.

Novembre 2018. – C'est la première fois que je me rends à la Bibliothèque historique de la Ville de Paris avec une demande bien précise : celle sur le confetti semble animer mon interlocutrice à l'accueil. M'est aussitôt attribuée une place dans la salle de lecture à la *table de réserve* où je pourrais manier à ma guise ce qu'ils appellent des *documents éphémères*. Sur un chariot sont déposés à mon intention plusieurs cartons emplis de coupures de presse, des années 1890 aux années 1920 – *Actualités, série 89*. Je prends le temps de les éplucher, recopie au crayon à papier dans mon cahier des articles qui m'en apprennent autant sur l'histoire du confetti que sur l'humeur du journaliste au moment de rendre compte des cortèges organisés dans les rues de Paris. Le premier que je relève est celui de Louis Schneider, intitulé « Le roi confetti », daté du 26 février 1900, dans *Le Soleil* :

> Ce n'est pas un roi que le confetti, en ces jours gras, c'est un tyran, un de ces rares tyrans qu'avec même de l'énergie personne ne peut arriver à bannir. Mais il est inutile de récriminer sur le confetti : il est entré dans nos mœurs aussi bien que dans nos vêtements les plus à fleur de peau.
> De quand date-t-il ? Comment est-il né ? Il est né à Paris en décembre 1891 à une redoute du Casino de Paris. Cette minuscule rondelle de papier importée par un fabricant de jouets fantaisistes du faubourg Saint-Antoine fit fureur dans cette soirée mémorable. La fête avait commencé à minuit : le

petit sac de confettis se vendait un franc ; une heure plus tard il fallait payer dix francs. Le marchand en question ne songe jamais à la redoute du mois de décembre 1891 sans s'attendrir : elle lui rapporta cinq mille francs de bénéfice net – il y a des gens qui s'attendrissent pour moins cher que cela ; tout dépend des besoins ou des appétits qu'on a.
Mais le négociant en question n'était qu'un importateur. Le confetti ne ment pas à son appellation italienne : il nous vient effectivement de par-delà les Alpes. Et c'est encore dans une fête de nuit, dans un bal masqué donné à Milan par la presse au bénéfice des pauvres de la ville qu'il vint au monde. Depuis longtemps, même en Italie, on était dégoûté du confetti de plâtre qui est sale et qui force les amateurs à se revêtir d'un masque épais.
[…] Or, en 1883, un de nos confrères italiens qui était membre du comité d'organisation de la fête de bienfaisance avait un ami qui était grand éleveur de vers à soie. Pour les nourrir, on place au-dessus des paniers d'osier sur lesquels ils sont disposés des feuilles de papier au-dessus desquelles on place les feuilles de mûrier. Ces feuilles de papier sont percées de trous un peu plus grands que les trous de perforage des timbres-poste, et les vers à soie, qui sont très gourmands de mûrier, passent leur trompe à travers ces trous pour aller saisir leur nourriture.
Les trous des feuilles de papier sont pratiqués à l'aide d'une machine qui perfore dix ou quinze feuilles à la fois. Ce fut le journaliste milanais qui, se trouvant un jour chez son ami, eut l'idée que les petites rondelles de papier qui étaient les résidus du perforage pourraient être utilisées au lieu du confetti de plâtre.
J'ai toujours maudit le confetti de papier : mais depuis que je sais que c'est un confrère qui l'a inventé, je me sens plus

d'indulgence contre la lancinante rondelle. Les loups ne se mangent pas entre eux.

Dans le deuxième article, prélevé dans *Le Petit Journal*, daté du 13 février 1902, il est déjà question de l'épineux problème de « l'enlèvement des confettis » :

> La bataille finie, adieu les confettis ! Tandis que les Parisiens profitant du beau temps et de la liberté laissée à la rue, en l'honneur du Mardi gras, jetant à pleines mains les rondelles de papier multicolores, pendant toute la journée d'avant-hier et une partie de la nuit dernière, le service de la voirie, divisé en deux équipes, se préparait à enlever les vestiges de la bataille, si chaude sur les Grands Boulevards.
>
> Le service de nettoyage des boulevards commence d'ordinaire à trois heures du matin ; hier, les lanciers du préfet étaient à leur poste dès deux heures et s'attelaient avec ardeur à la rude besogne de l'enlèvement rapide de l'énorme masse des confettis. Le travail, cette année, a été facilité par l'état de sécheresse de la chaussée ; les confettis n'adhéraient pas aux pavés de bois ; ils formaient, au lieu d'une masse gluante comme cela se produit lorsqu'il a plu, un tapis épais, mais facile à enlever. Maintenant comment a-t-on opéré ? Voici. Les employés de la voirie s'arment d'abord de balais caoutchoutés, appelés « raclettes », et poussent, des deux côtés de la chaussée, dans les caniveaux, la masse bariolée des petits papiers.
>
> Lorsque trottoirs et chaussée sont dégagés, on ouvre à fond les prises d'eau, et tandis qu'on manie les raclettes, les confettis, entraînés par le courant puissant, vont s'engouffrer dans les

bouches d'égout et disparaissent assez rapidement. Le travail ne dure guère que deux heures.
Mais ce procédé n'a pu être employé, cette fois, dans le quartier de la Chaussée-d'Antin. Le nettoyage des boulevards, de la rue Laffite à la rue Scribe, où vient mourir habituellement l'ardeur du combat, a dû être fait à l'aide de grands tombereaux dits « guimbardes ». Il a fallu trois de ces tombereaux qui ont enlevé environ quinze mètres cubes de confettis. [...]
Un spectacle assez curieux et peu connu des Parisiens, spectacle que nous leur recommandons pour le lendemain de la mi-carême, c'est d'aller, le matin, vers sept heures, à Clichy, à l'embouchure du collecteur dans la Seine. Les eaux déjà boueuses du fleuve se couvrent de l'épaisse masse de confettis chassés des boulevards, et le fleuve se trouve « pris » par l'avalanche de papiers qui forme alors comme une immense banquise multicolore.

Il me faudra rendre compte de la besogne du mot « confetti » et des images qu'il charrie. Si le confetti est *le plus petit dénominateur commun d'un groupe*, il retourne assez vite à l'informe dès qu'il recouvre les trottoirs et doit être évacué par les agents de la voirie. À la *défense absolue de ramasser des confettis ou d'en faire manger*, les garçons ne résistent pas et les filles se résignent à expulser les confettis de leur bouche par un puissant crachat au sol – rien d'autre que de l'âme en mouvement qui scelle un acte entre les protagonistes.

La stricte intimité familiale, dans son cas, ça ne convient pas, la vie de mon père ne pouvant se résorber à ladite intimité familiale. Du reste, ça ne veut pas dire grand-chose cette expression ; le fait d'accoler l'adjectif « stricte » à « intimité familiale » est déjà assez déplaisant, ça vous hérisse le poil ! Aussitôt vient l'envie d'élargir le cercle, de ne pas s'en tenir à l'enclos de la maisonnée. À la baraque, il semblait s'emmerder ferme ; en semaine, il la quittait tôt et, le soir, la rejoignait tard. Sa vie tout entière tournée vers les autres, pas seulement pour faire des affaires, mais aussi pour se distraire – se distraire de sa vie conjugale. Apparemment, il n'était pas pressé de retrouver femme et enfants.

Quand on se met dans la position d'écouter son prochain, sans pour autant le purger ou le confesser, on en apprend beaucoup, et sur lui et sur tout ce qui l'occupe en dedans. Assez vite, on s'aperçoit qu'il y a un socle commun à chacun : des histoires de famille qui empestent, des rencontres amicales qui libèrent, des métiers qu'on ajuste à son tempérament. Au fond, chacun se débrouille avec les masques et les absents. Et si l'on veut accéder au plus intérieur, eh bien, ce n'est pas forcément dans le giron familial que l'on débusque les relations les plus fécondes. Le plus souvent, on se construit contre. Donc, la première chose à faire, c'est de la déconstruire, *la stricte intimité familiale* : si elle nous étouffe, en aucun cas elle ne suffit à nous déterminer. Il nous revient d'inventer une vie qui n'était pas là avant, et de l'ajourer à notre guise. Personne n'est assuré d'aller au terme de l'ouvrage, il est susceptible d'être interrompu à tout moment. Ce dernier abandonné, on ne sera pas là pour en tirer la moindre leçon, ni le récit le plus poignant.

Le jour de son enterrement, quelqu'un se lèvera, se dirigera vers le micro et, devant une petite assemblée, dira : *Ce qui a bien pu le mouvoir durant sa vie, je n'y comprends strictement rien ; je ne suis certainement pas le mieux placé pour vous en parler, ne sachant pas exactement ce qu'il a fabriqué pendant toutes ces années. Ne me demandez pas non plus en quoi consistait son travail, comment il s'est débrouillé pour gagner sa vie et subvenir aux besoins de sa famille, par quelle alchimie il se liait aux gens et les aidait à placer leur argent, afin qu'ils soient contents et puissent enfin parler d'autre chose. Il est des qualités qui se transmettent, et d'autres pas.*

À sa mort, s'il fait de nous des héritiers, il ne fera pas de nous pour autant des marchands, ou bien alors des marchands de confettis. Pour ma part, j'ai mis plus de temps à comprendre que j'étais un petit-bourgeois qu'un petit-pédé. Pas précoce, le garçon. Et puis, si je regarde autour de moi, je ne suis pas le seul à cumuler les deux : petit-pédé-petit-bourgeois. Petite facture. Toute petite famille. Peau de chagrin. Famille : si t'enlèves le « m », tu lis « faille ». Il suffit d'écouter les histoires de famille des uns et des autres pour sentir où est leur faille. Alors, maintenant, vous savez ce que j'en pense de *la stricte intimité familiale*, on va pouvoir passer à autre chose.

Ayant choisi le mot « confetti » comme point de départ de mon ouvrage, je voudrais y mettre tout ce qui me vient à l'esprit lorsque je songe à lui. Ponge écrit : *Il faut beaucoup de mots pour détruire un seul mot.* Avec *coriandoli*, c'est précisément ce que je cherche : en faire non pas un concept mais un *conceptacle*, en éliminant illico les petites idées qu'il pourrait faire germer et dont je m'arrangerais trop facilement. Je ne suis pas là pour me faciliter la tâche, vous l'avez compris.

Souvent, j'ai le sentiment de charrier des mots moribonds ou des phrases mort-nées qui creusent direct la fosse des lieux communs. Finalement, je ne sors pas du cagibi dans lequel j'ai trouvé un abri. Si je me contente de regarder ce que j'ai sur la table, j'ai déjà beaucoup à faire pour déplier les bribes de phrases collectées au gré de mes déplacements.

Dès mon arrivée à la Villa, sur le mur ocre du pavillon voisin que j'entrevois de ma table de travail, j'ai écrit à la craie : *Io comincio piccolo, io comincio come un coriandolo.* Tout un programme. Un « qu'est-ce que c'est ? ». D'ailleurs, un confetti ne peut se concevoir seul. Il appelle le nombre. Lancé à grande vitesse dans l'espace, il devient un projectile dangereux. Nombre d'artistes en ont fait un motif. Je l'associe autant au souffle qu'au crachat. *De l'insulte au miracle, le crachat se comporte comme l'âme : baume ou ordure.* Un soulèvement de papier. Une façon d'occuper l'espace-temps qui m'est donné. *Comme ça, je n'aurais plus le sentiment de travailler, je serais sous le charme.*

Par quels débris commencer? Je ne sais. Là aussi, je choisis de me confier *à ce risque qu'est l'oubli… et à ce beau hasard que devient alors le souvenir.* Il suffit de me pencher pour ramasser ce que mes contemporains ont laissé tomber la veille. C'est dans la rue que ça s'écrit. Écrivain-chiffonnier, je ne serai pas le premier. La rue est devenue mon atelier. Dans mon pavillon, j'ai la possibilité d'étaler en rond autour de moi les miettes et déchets glissés dans mes poches. À Rome plus qu'ailleurs, j'ai l'impression de ne marcher que sur des débris. Le texte né de cette collecte, je pourrais l'intituler *Frammenti*, mais c'est déjà pris. Quant à *la persistante image du recueil*, il s'agit d'en sortir, comme nous y incite le poète Jean-Jacques Viton. Selon lui, elle évoque trop *les vignettes du cercueil, de l'écueil et de la cueillette*. Je ne conçois pas non plus ce livre comme une boîte fermée.

La brisure de riz, ça remplit plus que le riz, m'a dit Lasseindra ce midi, *si on est artiste, c'est qu'on est tous brisés*. Lorsque je lui fais part de la phrase mise en exergue de mon récit, elle me dit préférer voir en chaque morceau un tout, elle retourne le truc et elle a raison. À l'écouter, j'ai l'impression qu'elle a déjà consumé plusieurs vies. La mort, elle l'a frôlée de près. Nul besoin de tout se raconter pour comprendre ce qu'elle a traversé. Sa destinée est dorénavant liée à la scène *voguing* qu'elle a introduite en France ; elle est une institution à elle toute seule, comme elle l'affirme d'emblée pour se présenter. C'est dans l'aire de jeu des *ballrooms* qu'elle s'est inventé une autre vie.

La première fois que je me suis fait draguer par un mec, j'avais quinze ans, c'était à Aix-en-Provence, le dimanche de l'Épiphanie, je m'étais payé l'hôtel avec les étrennes de Noël, ne supportant plus la *famille correspondante* qui m'accueillait le week-end. L'internat du lycée Diderot fermant ses portes le samedi, je marchais toute la journée dans les rues de Marseille avec mon sac à dos, avant de rejoindre Aix en train. Ce samedi-là, j'avais dégoté un hôtel bon marché, pas très loin de la gare. Le soir, j'avais déambulé un bon moment dans les rues illuminées, avant de franchir le seuil d'une pizzeria quelconque. Me sentant observé de toutes parts, j'ai vite fait d'engloutir la pizza qui m'avait été servie, ne sachant moi-même où poser le regard.

Levé tôt le lendemain matin, mes pas m'avaient conduit dans un parc ; j'ai assez vite repéré quelques silhouettes en train de rôder autour des toilettes. Sans oser m'y rendre, je me suis assis sur un banc à quelques mètres de là, feignant d'ignorer la danse des petits messieurs qui tournicotaient dans les parages, main à leur braguette. Oppressé par leur jeu, j'ai foutu le camp. Entre midi et deux, d'une cabine téléphonique, j'ai appelé ma mère qui était en train de déjeuner avec mes sœurs dans la maison d'Issoire. Je ne leur ai rien dit de ma fugue. L'après-midi, je suis allé voir le film de Fellini : *E la nave va*. La salle était comble ; je me sentais seul, mais à l'abri. Je me souviens du concert de verres sur la grande table dans la cuisine du navire. En sortant de la salle, je devais avoir le ventre noué. Ayant encore quelques heures à tuer, j'ai décidé de sillonner la ville.

Comme aimanté, je suis retourné au parc que j'avais fui le matin même. À cette heure-ci, le trafic des messieurs était plus dense, les profils plus variés. Les regards dans ma direction se faisant insistants, j'ai à nouveau pris la tangente. Aux abords du parc, un gars m'a accosté, je ne l'avais pas vu me suivre : *un beau brun*, avec un accent italien. Il m'a mis suffisamment en confiance pour que je lui fasse part de tout ce qui me passait par la tête : la famille dont je m'étais éloigné en venant faire mes études d'arts appliqués à Marseille, ma première fugue, le film que je venais de voir, la solitude qui me tenaillait. Lui, par des allusions qui se faisaient de plus en plus pressantes, en venait à ce qui l'animait : *Tu ne voudrais pas retourner au parc ? Ce serait mieux s'il faisait un peu plus sombre, non ? T'es mignon, je voudrais faire l'amour avec toi.*

Étant mon aîné, il n'avait aucune envie de lambiner plus longtemps ; et moi, dès que j'ai entendu sa proposition, je lui ai serré la main, ai balbutié quelques mots, avant de déguerpir comme un lapin. Dans ce laps de temps, pourtant, le gars n'avait pas osé me toucher. J'ai couru à l'hôtel, récupéré mes affaires, je me suis dirigé vers la gare et, sur le quai, reconnaissant au loin sa silhouette, je me suis aussitôt engouffré dans le train, cœur battant. Une vraie midinette. Comme si j'étais innocent. Le lendemain soir, à l'internat, je racontais aux copains que je m'étais fait suivre jusqu'à la gare par un pédé, réussissant à lui échapper in extremis.

En me donnant le confetti comme objet et la destruction de mes archives comme alibi, je me dissimule peut-être à moi-même ce que je fais, ce que je suis. D'un jet dru de confettis à la danse des lettres et des mots, il y a un bond, un saut, que je semble reporter, cherchant à me divertir de la tâche à accomplir. Je n'ai qu'à tout reprendre du début.

Dans le dictionnaire historique de la langue française, le bloc consacré au « confetti » est calé entre la colonne dédiée au verbe transitif « confesser » et, « confiance » renvoyant à « confier », à celle déployée plus bas pour éclairer le mot « confidence » qui, jusqu'au XVIIe siècle, a eu le sens de « confiance intime entre amis ». Par ricochet, je pense au texte de Jacques Derrida intitulé « Circonfession », cinquante-neuf périodes qui courent au bas des pages de l'essai que Geoffrey Bennington consacrait à sa pensée, cherchant à en dégager le système général, en se privant de toute citation de ses livres. Le pari entre les deux amis consistait à ce que Derrida lui remette un texte qui surprendrait Bennington à la fin de sa besogne, foutant en l'air son bel édifice.

Ce qu'il dépliait dans chacune de ses périphrases, avec les

outils qui sont les siens, m'avait bouleversé à l'époque ; je l'avais lu comme un chant. Même si la complexité de sa pensée me débordait de toutes parts, j'en percevais le courage, il touchait là au plus intime, s'en tenant tout d'abord aux trois mots : *trouver la veine*. Tressant ses confessions à celles de saint Augustin – fragments en latin –, il venait à évoquer les dernières phrases intelligibles de sa mère, en fin de vie au moment où il écrivait son texte, ne le reconnaissant déjà plus. Alors qu'il lui demandait si elle avait mal, elle lui aurait répondu : *« J'ai mal à ma mère », comme si elle parlait pour moi, à la fois dans ma direction et à ma place…*

Ne pouvant restituer l'émotion de cette première lecture de « Circonfession », je reviens à l'étymologie du mot « confetti » : emprunté à l'italien *confetti*, « bonbons, sucreries », il désigne également de « petites boulettes de plâtre qu'on se lance lors du carnaval » dans *confetti di gesso* ; l'italien utilisant le pluriel de *coriandolo* pour les rondelles en papier.

Et dans ma fabrique interne, comment m'est venu le mot *confetti* ? C'est sa sonorité qui m'a plu, avant de vouloir en faire un mot d'esprit et d'accomplir à ses côtés un trajet. Aussitôt m'est tombée dessus une myriade de mots écrits en petits caractères. Je les ai recopiés à la main dans mes cahiers – des pages que je m'apprête à réduire ici en mille morceaux. Me surprend une soudaine envie de jouer avec, de m'en défaire aussi sec ; une façon comme une autre de recouvrer l'énergie féroce de l'enfance, en découpant des mots comme des images.

Je ne parle pas italien, mais le mot *confetti*, je le comprends, je le fais mien, même s'il n'est plus du tout rattaché à son origine. Il ne désigne plus le fruit préparé, le fruit confit. Il n'est plus recouvert d'un fin pelliculage de sucre comme le sont les dragées. Dorénavant, il est associé à ces ronds de papier coloré, ces paquets de confettis qu'on a eus dans les mains quand nous étions gamins. Geste gratuit que celui de jeter des confettis sur la tête de son voisin. Une dépense d'énergie pour rien, pour rire. Plaisir fugace, *plaisir d'anxiété*. La joie communicative dilate l'espace autour de soi. La bataille finie, le tapis de confettis recouvrant le sol, la tentation est grande d'en ramasser pour prolonger l'excitation, recommencer de plus belle. Il y a l'attrait d'un mot qui appelle un monde en miniature, un monde à portée de main, sur lequel il est possible d'agir.

Confetti est un mot gentil, il appelle la gentillesse – gentillesse qui n'est pas niaiserie ou faiblesse. Gentil est le geste de balancer des confettis au premier venu, car celui qui est doté de son paquet de confettis n'a qu'une envie, celle de s'en démunir et de se sentir aussi vite mis à nu que celui qui les a reçus. Des munitions de papier sans inscription.

Confetti, mot pluriel, mot rond, qui recouvre une ribambelle d'autres mots plus mordants. Dire à voix haute le mot *confetti* procure de la joie, un plaisir instantané, c'est pourquoi on a envie de le répéter plusieurs fois : *confetti, confetti, confetti, confetti, confetti, confetti, confetti, confetti, confetti… Qu'est-ce qu'on fait ici ? — Des confettis. Oui !*

Et si je rejouais le geste de Félix González-Torres (1957-1996), artiste américain d'origine cubaine qui, en 1991, avait constitué un tas de bonbons correspondant au poids de son compagnon, Ross Laycock, mort du sida cette même année, tas à même le sol dans lequel les visiteurs pouvaient piocher dans le laps de temps de l'exposition, jusqu'à ce que celui-ci s'amenuise et disparaisse tout à fait.

Soixante-trois kilos, c'est mon poids ; si je le convertissais en confettis et le dilapidais lors d'une performance promenée durant laquelle j'émietterais moments de vie et autres hantises ? Non. Le sida sévissant dans la communauté homosexuelle lors de mes premiers pas à Paris, je m'en suis tenu à une sexualité bridée, pas joyeuse. De la tristesse de ces années 1990, je ne ferai pas un feu de joie. J'étais là et je n'étais pas là. Sur la porte vitrée de mon atelier brinquebalait déjà l'écriteau *Torno subito / Je reviens tout de suite*, avec mon prénom et le numéro de téléphone pour me joindre en cas d'urgence. De façon brusque, je foutais le camp. Vivant avec des ombres, je devenais moi-même fantôme. *Aux abonnés absents*. Longtemps je laissais le téléphone sonner dans le vide avant de décrocher, dans la crainte d'apprendre une mauvaise nouvelle. À peine le temps d'aimer, et déjà endeuillé. Mon cercle d'amis se réduisant, je jouais davantage avec mes peurs enfantines qu'avec ma propre fin. Je prolongeais l'adolescence, cédant parfois à une forme de romantisme. La chambre est devenue la matrice de mon travail de sculpteur-scripteur : j'y fabriquais des formes en papier qui en rappelaient les pans coupés, son volume. *Chambre : ma branche*. J'y retourne encore souvent en rêve. Je m'y réinstalle incognito.

Porta Pinciana, près de l'entrée de la station de métro, au sol avaient été déposés, en fin d'après-midi, deux couvertures et un plaid ; en les voyant, je me suis dit que si, à mon retour, ce dernier était encore là, je me permettrais de le prendre. La personne qui les avait soigneusement placés sur le trottoir, bien en vue, avait sans doute imaginé que ce serait quelqu'un dans le besoin qui s'en saisirait. Eh bien, non, c'est un nanti. Au retour des courses, la pile étant demeurée intacte, j'ai pris le plaid, l'ai mis sous le bras, comme si de rien n'était. Je ne devrais pas m'en vanter. J'ai commis ce geste. Il me revient, comme dans un rêve, un doigt pointé vers moi : qu'as-tu fait ? Je viens de glisser le plaid dans le tambour de la machine à laver. Une fois sec, je pourrais le plier à mon tour soigneusement, le déposer au même endroit, dans un même élan de générosité à l'égard de mon prochain. Mais ça sentirait le réchauffé, le repentir chrétien. C'est quoi cette idée de vouloir réparer ses fautes et ses péchés, à quoi ça rime ces petits arrangements ?

Sarah, voisine de pavillon, m'a invité à dîner avec ses parents venus lui rendre visite. Encore une occasion de trop parler, je m'en suis donné à cœur joie. Sympathie immédiate. À un moment donné de la conversation, je leur ai avoué *mon côté curé refoulé* que j'ai pu éprouver-essorer durant les années pompes funèbres. Je ne manquais pas d'exemples. Ça les a fait marrer. Et moi, ça m'a délivré de la posture du candidat écrivain en train de moudre son grain, ou plutôt, en train de se faire du mouron pour les siens – mes parents étant moins en forme que ceux de Sarah. À leur voix au téléphone, je sens tout de leurs oscillations, je n'arrive pas à m'en défendre. J'entre dans la saison froide.

En fin de soirée, j'évoque la mort de Bruno Latour, et aussitôt le visage de Sarah se froisse, elle m'apprend qu'il l'avait accompagnée dans sa recherche. De fil en aiguille, on en vient à parler de la lettre encyclique *Laudato si'* du pape François, à laquelle Bruno Latour s'était lui-même intéressé. Elle l'avait dans sa bibliothèque, je l'ai feuilletée, lui ai demandé si je pouvais la lui emprunter. Pas seulement parce que celle-ci débute par la prière de saint François, tirée du *Cantique des créatures*, mais aussi par souci de la « maison commune » et des déchets qu'elle produit chaque jour.

Mon pavillon n'étant pas très loin du local poubelle – le trou du cul de la Villa –, c'est par là que j'ai envie de l'aborder, comme je voudrais rendre hommage à celles et ceux qui balaient les confettis après les fêtes qui y sont données, ramassent les feuilles mortes qui jonchent les allées, les branches coupées, les bris de verre, les papiers maculés. Le personnel était autrefois logé dans ce qu'on appelle ici le *village italien*, en vis-à-vis de nos pavillons construits à la fin des années 1950. Aujourd'hui, seuls Sabrina, Roberta et Gianni y ont leur appartement ; y résident également les stagiaires et autres passagers clandestins du navire. La vitalité est manifestement de leur côté ; les récits que je pourrai recueillir auprès d'eux m'intéresseront davantage que les travaux prestigieux d'anciens pensionnaires conservés dans les archives. Du reste, je n'ai pas encore repéré l'entrée de la *réserve enterrée*.

Lors de mes années pompes funèbres, j'ai pu voir par où étaient évacués les corps des défunts dans les hôpitaux et maisons de retraite ; le plus souvent, la chambre mortuaire et la porte par laquelle était dérobé à la vue des résidents le cercueil n'étaient jamais très éloignées du local poubelle. Par où on évacue les déchets de la maison commune, leur durée de vie, le temps que ça prend pour qu'ils deviennent de la charpie et disparaissent tout à fait, tout cela, je ne peux plus faire semblant de l'ignorer.

Lors de ma première visite aux musées du Vatican, j'ai eu l'impression d'être moi-même aspiré, dès le sas d'entrée franchi, dans une sorte de boyau, ne pouvant guère décider de mon propre trajet à l'intérieur du dédale, pour être pris dans le mouvement de spire de la rampe finale qui m'expulserait vers la sortie, comme une eau sale au fond d'un évier. J'étais d'autant plus contrarié que je n'avais pas su trouver l'entrée du Musée grégorien profane où est exposée la mosaïque de l'*Asàrotos òikos* ou « pavement non balayé ». J'en avais découpé la reproduction dans un programme du Louvre lorsque j'étais étudiant, et depuis, je rêvais de la voir « en vrai » ; c'était même la seule œuvre de l'Antiquité gréco-romaine que je m'étais permis de citer dans mon projet-confetti, celle-ci représentant les reliefs d'un banquet au sol – la part laissée aux morts par les convives. Ce thème de l'*asàrotos òikos* a été conçu par le mosaïste Sôsos de Pergame au IIe siècle avant Jésus-Christ ; l'œuvre originale ayant été détruite, celle présentée au musée du Vatican a été prélevée dans une villa de l'époque d'Hadrien. Cette copie est attribuée à un dénommé Héraclite. *On ne peut entrer deux fois dans le même fleuve*, ce n'est pas lui qui en est l'auteur. Celui-ci s'est contenté de reproduire cette œuvre décrite par Pline l'Ancien au moment d'évoquer ces artistes de l'Antiquité s'en tenant à des sujets humbles ou triviaux. En amont de mon périple, m'étant imaginé déambuler dans Rome les yeux rivés au sol, en quête de débris et tessons, il me semblait important de découvrir cette mosaïque dont les tesselles en pâte de verre et émaux colorés m'évoquaient également les pixels d'une image en haute définition. Au sortir du musée, je maugréais de l'avoir ratée. Il est des œuvres d'art que l'on ne connaît que par des reproductions ou des descriptions, et qui pourtant entrent dans notre musée imaginaire. Elle restera donc une image en noir et blanc découpée dans le papier fin d'un journal et épinglée au-dessus de ma table de travail. Il ne me reste plus qu'à la réduire en confettis.

Les musées du Vatican étant inscrits dans les circuits des tour-opérateurs, chacun devient en leur sein un homme-sandwich, affublé de marques et de sigles divers, producteur ambulant de déchets-souvenirs, distribuant des images sans légendes depuis son boîtier magique. Rejoignant le nombre, je ne fais pas mieux. Sur les réseaux sociaux, je me débrouille pour faire entrer mon portrait dans le confetti qui m'est attribué et glisser ensuite mes images pixellisées dans la mosaïque qui m'est donnée. Elle en bouffe aussi, de l'énergie, davantage que ma *story*.

Les bourgeois, petits et grands, généralement, s'emmerdent ; nous sommes là pour les désennuyer, nous participons au comité des fêtes. Aussi, je ne verrais aucun inconvénient à devenir *il tuttofare* au Palais de Confettis. Derrière une nuée de petits papiers bariolés, il est toujours possible de *faire l'artiste* comme on ferait l'idiot pour amuser la galerie.

Devenons économes, développons un art de la discrétion. Nos gestes étant bien plus anciens que nous le soupçonnions au seuil de cette institution, *nous sommes des fantômes qui voulons agir*. Et si *l'art est une forme de chimie personnelle élaborée au moyen de l'organisation des loisirs*, eh bien, je suis au bon endroit, je n'y suis pas malheureux, j'ai quelque chose à faire du temps de cerveau disponible. À l'intérieur de mon pavillon, je fais ce que je veux. À cet instant, je pense à Giorgio Morandi, assis à quelques pas de la table sur laquelle il disposait patiemment ses boîtes et pots striés en faïence, avant de s'appliquer à les peindre des jours durant avec une ferveur intacte. Apprendre à voir, écrire ou peindre ce que l'on voit, tâche infinie à laquelle cet homme s'est adonné toute une vie. De la table au tableau. S'en tenir à faire chaque jour la même chose, les mêmes gestes, se restreindre dans ses moyens, et ne pas l'ébruiter tant que l'on est dedans ; cela suffit pour occuper une vie et *rendre la vie plus intéressante que l'art*, et rendre la vie plus vaste et plus complexe qu'elle ne nous apparaît au premier regard.

Au fond, je ne fais là que déplacer mon atelier. En aucun cas je ne suis propriétaire des idées qui me traversent. Je ne suis pas non plus obligé de rendre public ce que je fais en égrenant mes vignettes chaque jour sur Instagram. C'est quoi ce désir de montrer qu'on est tout le temps aux aguets, au taquet ? En mettant à notre disposition cette galerie virtuelle ouverte sept jours sur sept, vingt-quatre heures sur vingt-quatre, ils nous ont eus jusqu'au trognon, agrippant les productions protéiformes d'artistes en mal de reconnaissance, tout en créant des dépendances plus sévères qu'elles n'y paraissent, dont une des manifestations est une très grande susceptibilité, voire un ressentiment croissant dès qu'on a mordu à l'hameçon. Notre besoin d'être aimé est-il à ce point insatiable que l'on est prêt à essaimer ses trouvailles et autres mots d'esprit à qui veut bien les apprécier et les noter sur-le-champ ? Troubadours et trouvères d'un jour. C'est un champ de bataille, avec des trous, des rats, des corps en bon et mauvais état. Ça grouille au-dedans. Il y a des morts et des morts-vivants – ceux qui s'en sortent et ceux qui ne s'en sortent pas, font semblant. Instagram est une machine à broyer les images et les affects qu'elles suscitent et dissimulent à la fois. On n'en a jamais fini de faire des rimes et autres volutes à partir de son propre vide. Nos souvenirs sont numériques. Une nuée de pixels – ronds et carrés. *Une poétique vapeur, une nuée qui se résout en prose.* On a senti le temps passer ou bien… on a préféré s'anesthésier. Toute une vie – ici consignée, aussitôt consumée.

L'air de rien, il faudrait que je passe de la question funéraire à la question littéraire : *un pas de plus et puis le ciel.* Cul par-dessus tête, c'est carnaval ! Comme une promesse faite à soi-même. Un jour, sortir, et laisser exploser sa joie, et laisser exploser sa tristesse, jusqu'à ce que ses larmes deviennent larmes de joie, ses rires pleurs : de grandes cascades de rire, de grandes cavalcades dans les rues de Rome, les rues de Tbilissi, les rues de Paris. Tout se brouille dans ma tête. L'occasion nous est donnée de jouir du don d'ubiquité et d'entonner avec Filliou et Villon le chant des frères et sœurs *par autocritique.*

> Le malheur, la misère matérielle, mentale et sexuelle nous ont tous poussés à certains moments à vendre notre honneur. C'est pourquoi nous sommes « fraternels ». N'ayez pas peur de vous joindre à nous parce que vous avez été, un jour, de l'autre côté. N'importe qui peut se joindre à nous. Tout le monde est récupérable.

> Frères humains qui après nous vivez,
> N'ayez les cœurs contre nous endurcis
> Car, si pitié de nous pauvres avez,
> Dieu en aura plus tôt de vous mercis.
> Vous nous voyez ci attachés, cinq, six :
> Quant à la chair, que trop avons nourrie,
> Elle est piéça dévorée et pourrie,
> Et nous, les os, devenons cendre et poudre.

Je me demande quand même ce que je viens chercher lors de mes virées au cimetière, pourquoi j'y retourne, pourquoi je m'y sens à l'abri. À l'abri de quoi, de qui ? Parce qu'à l'intérieur de cet enclos les morts sont plus nombreux que les vivants, je me sentirais aussitôt plus vivant, plus nombreux que je ne suis, avec le sentiment d'accéder à l'autre versant, ou de cheminer sur l'étroit sentier m'offrant une vue plongeante sur les deux versants – là où les ombres portées sont bien dessinées, les porteurs d'ombre affairés.

Quand je m'y rends avec une amie, comme hier midi au cimetière monumental de Verano, c'est un autre trip : chacun est présent à ce qu'il voit, poreux aux sensations que lui procure l'espace écrit dans lequel il circule, tout en se racontant à haute voix. Assez vite, nous en sommes venus à parler de nos fouilles respectives, de nos morts et de nos deuils, des chaînes de souffrance que l'on voudrait rompre, des imbroglios familiaux dans lesquels nous sommes encore pris.

En revanche, lorsque je déambule seul dans les allées d'un cimetière, je n'entame pas forcément un soliloque intérieur, mais je ne peux m'empêcher de cadrer ce que je vois, en prenant des photos avec mon boîtier magique, comme si j'avais peur d'en perdre. Dans la profusion des détails, je suis bien obligé de faire des choix. Dans le dédale des pierres tombales, j'ai l'impression de savoir mieux m'orienter que dans les salles d'un musée. Depuis ma venue en Italie, je reconnais n'avoir guère été ému devant les fresques et tableaux des palais que j'ai visités, comme si je me sentais tenu à distance par ces chefs-d'œuvre, écrasé par tant de virtuosité au service de récits dont j'ignore quasiment tout. C'est à se demander si je sais les voir. Ma voisine, au moins, elle ne se raconte pas trop d'histoires. À la fin de notre promenade au cimetière de Verano, elle m'a avoué qu'elle avait *un petit côté fuck la Renaissance.*

À certains qui simulent le grand émoi, on aimerait dire : cinéma ! Alors qu'une fois campés devant les œuvres qu'ils sont venus contempler, ils semblent plutôt désemparés, ne pouvant contenir la grande fatigue qui les saisit, se réfugiant dans un discours appris ou dégainant leur smartphone pour se faire croire qu'ils sont présents à ce qu'ils vivent. Et pourtant, c'est son propre vide que l'on ressent lors des stations devant ces images intimidantes, ou plus exactement, sa difficulté à se laisser émouvoir par ce que l'on voit. Comme si le temps du regard était devenu une denrée rare, le fruit d'un hasard, notre attention étant aussitôt détournée par « autre chose », empressés que nous sommes de communiquer via notre ardoise magique le fait que nous étions bel et bien là, à cet instant, alors que nos amis, eux, sont au taf, ne pouvant mater leur petit écran qu'à la pause déjeuner. Ce que disait déjà Serge Daney de la carte postale : j'y suis, tu n'y es pas, mais ça ne m'empêche pas de penser à toi et de partager un éclat de ce que je vis loin de toi. Une fois débarqué sur le site tant désiré, il est parfois douloureux de s'avouer que l'on ne ressent rien ; on repart alors plus triste et insatisfait qu'on ne l'était à notre arrivée. On n'a plus la patience que réclame le regard, jusqu'au jour où quelque chose s'ouvre en nous. Soudain, on se laisse mordre par un fragment de réalité, on a le sentiment d'être au bon endroit, au bon moment. L'écart entre le monde et soi s'est aminci, la vitre qui nous en sépare s'est brisée. Bien sûr, il y a tous les autres sens qui participent de notre perception du monde alentour. Quant à la présence d'une amie à mes côtés, soit elle me rend plus attentif, soit elle me coupe de toute émotion ; le plus souvent, je suis pris par l'intensité de son récit, le timbre de sa voix, l'allure de son pas.

Depuis que je vis dans cette communauté, j'accepte toutes les promenades proposées par les pensionnaires qui me sollicitent, je dis oui à tout, même si cela m'interrompt dans la besogne en cours. Faire l'expérience de cette vie collective me semble plus important que celle d'une vie en retrait, loin de tout et de tous. Confetti appelant la dispersion, je ne me tiens à aucun programme. Je voudrais croire que le travail se poursuit en sourdine, alors même que je ne fous rien, cédant à l'œuvre du désœuvrement.

Chaque jour, je me contente d'une petite ration de lecture, quelques lignes d'écriture, deux trois appels téléphoniques, des heures à scroller devant l'écran magique, et, selon le degré d'anxiété, des heures consacrées aux tâches domestiques, afin de dépenser l'énergie sans emploi. Au fond, je me fais vivre la vie de ma mère : celle d'une femme au foyer, une vie ritualisée qui ne laisse guère de place à l'émotion ;

une vie qui, de l'extérieur, peut paraître aussi bien réglée que déglinguée. Comme elle, je suis happé par la spirale des gestes répétitifs qui confine à la folie, ou bien est-ce ce rituel qui m'en protège ? Comme elle, j'ai une grande capacité à être seul, je ne m'ennuie jamais. Jusqu'au jour où je l'ai entendue dire : *Je ne me supporte plus chez moi.*

En amont de mon séjour à la Villa Médicis, j'avais pris la décision de correspondre avec quelques personnes rencontrées récemment – au cas où le courant ne passerait pas avec les autres pensionnaires. Ainsi, quelques semaines avant mon départ, j'ai eu la chance de rencontrer Gaëlle : elle avait réagi à l'une de mes publications sur Instagram, au moment où je commençais à faire mes cartons. Ne sachant quels livres emporter, elle m'avait conseillé de ne pas trop en prendre, se référant à sa propre expérience, ayant été pensionnaire au même endroit quelques années auparavant. Je lui ai alors demandé si elle accepterait de m'en parler, car j'en avais sans doute une image un peu faussée. Un samedi matin à onze heures, nous nous sommes retrouvés dans un café de la rue du Faubourg-Saint-Denis. Par sa façon de me décrire ce qui la préoccupait ici, à Paris, ou là, à Rome, elle m'a d'emblée remis en contact avec une part de moi que j'avais oubliée. Elle est tellement présente aux êtres et aux choses qui l'environnent que l'on devient à son tour attentif à ce qui se joue entre le monde et soi. Nous n'avons pas tardé à nous revoir. Je tenais à lui offrir un livre de Joë Bousquet. Plus tard, elle m'a proposé de me prêter la valise qu'une amie lui avait cédée lors de son séjour à la Villa. Une valise noire, grand format, avec beaucoup de plis à l'intérieur.

Je lui ai fait part également de mon projet de confier mon appartement à Thibault, un garçon qui travaillait dans ce même café où nous étions tous deux attablés. J'avais eu le temps de l'observer, tout entier à sa tâche ; je me reconnaissais dans son côté consciencieux. Il m'avait dit qu'il rêverait de devenir un *objet littéraire* ; ce n'est pas tombé dans l'oreille d'un sourd. Il inspirait la sympathie. Il logeait alors dans un studio sombre ; chez moi, il aurait plus de lumière, plus d'espace. Avec lui, j'entretiendrai une correspondance. Dès lors, il entrait dans mon manège intérieur. Comme si j'avais envie de me sentir lié à quelques-uns qui veilleraient à ma vie laissée en plan à Paris. Redoutant peut-être déjà le retour, je m'inventais de nouveaux amis.

On est des dormeurs dans cette famille ! Le champion toutes catégories, c'était le grand-père maternel, je tiens ça de lui ! Il dormait dix-huit heures par jour à la fin de sa vie, tandis que ma grand-mère, debout dès six heures du matin, lui servait son café au lit. Plus tard, dans la matinée, il se taillait une tranche de lard en guise de petit déjeuner, avant d'aller gratter un peu dans le jardin. Un coup de chaise longue et aux douze coups de midi, il se mettait à table. Le journal de treize heures et tout de suite après, au lit. Sieste jusqu'à quinze heures. Un petit tour dans le jardin si le temps le permettait, deux trois bricoles à faire : une haie à tailler, une paire de volets à repeindre. De son « Clos fleuri », il n'est guère sorti les dernières années de sa vie. Plus il vieillissait, plus il ressemblait à un Arabe, avec ses yeux en amande, et le sable dans ses yeux l'incitait à les fermer le plus longtemps possible, afin de se dérober à la vie et ses misères. Devant un concert de musique classique diffusé à la télé, les larmes lui venaient. Le 14 juillet, il aimait regarder le défilé. Et le 15 août, on avait intérêt à ne pas oublier son anniversaire, alors qu'il oubliait celui des autres. Il m'appelait toujours par un tas de prénoms avant de trouver le bon.

Gamins, mes sœurs et moi, il était content de nous voir débarquer dans sa maison à Vertaizon, mais il était tout autant soulagé de nous voir déguerpir le soir, car tout ce ramdam dans la baraque, ça le fatiguait. Il en a voulu à sa fille de ne pas avoir su garder son mari. Du reste, il n'a jamais été très tendre avec elle : *Tu n'auras jamais la classe de ta mère, ma pauvre fille.* Les cinq années de la guerre, il avait été prisonnier en Bavière. C'est en voyant un soir à la télé le film d'André Cayatte *Le Passage du Rhin*, avec Charles Aznavour dans le rôle de l'ouvrier pâtissier, que j'ai compris son secret. Dans la ferme où il avait été fait prisonnier, eh bien, il était tombé amoureux de la *Fräulein*, il ne s'en était pas vanté, mais ma grand-mère l'avait assez vite compris. La seule fois où j'ai osé lui en parler, elle n'a pas esquivé le sujet : *Elle lui raccommodait très bien ses chaussettes*, m'a-t-elle dit. Sa façon à elle d'exprimer une forme de solidarité avec cette femme qui avait pris soin de son mari. À son retour, il n'était plus le même, enfermé dans une sorte de mutisme, n'ayant pas eu le cran de retourner vivre en Allemagne auprès de sa *dulcinée* – c'est un mot qu'employait ma grand-mère.

Le vendredi, il laissait sa femme et sa fille dans le taudis de la rue des Jacobins, c'est ma mère qui parle de cet endroit comme d'un *taudis*, avec un simple rideau qui séparait son lit de celui de ses parents. Il allait rejoindre ses deux frères à Vertaizon, s'occuper des vignes avec eux, sous le joug de sa propre mère, qui avait toujours considéré sa belle-fille comme une bonniche. Mon grand-père revenait à Clermont le lundi soir, car le lendemain matin, il y avait la poissonnerie à ouvrir. Mais comme il n'était pas très patient avec les clientes, ma grand-mère préférait encore qu'il aille jouer à la belote avec ses copains dans le bistrot d'à côté, au lieu de rouspéter toute la journée à l'intérieur de la boutique. De sa belle écriture, le matin, il écrivait les prix des poissons du jour sur une ardoise.

C'est peut-être de lui que je tiens ce plaisir d'écrire à la craie sur un tableau noir, une écriture anguleuse qu'il est possible d'effacer d'un coup d'éponge. J'ai tout de même mis beaucoup de temps à mettre au point ma propre graphie, tandis que ma sœur aînée avait trouvé la sienne dès le collège et n'en a pas changé depuis. Quand je retrouve des copies de mes années lycée, on dirait l'écriture d'un gamin, les lettres sont mal formées. Pourtant je me souviens que je passais des heures à recopier dans mes cahiers les leçons du jour ; je n'hésitais pas à déchirer la page si ça n'allait pas comme je voulais. Cette habitude de recopier des fragments de texte m'occupe toujours pas mal, je l'ai conservée jusqu'à aujourd'hui. Mes cahiers à portée de main, ça me rassure.

Le projet-confetti fait remonter à la surface toutes ces pages manuscrites, ces phrases recopiées, jusqu'à en avoir mal à la main. Je suis gaucher. De neuf à quatorze ans, je me suis cassé le bras cinq fois, une fois par an. Ma mère profitait que j'avais le bras gauche dans le plâtre pour demander à l'institutrice de me faire écrire de la main droite. Après quelques semaines, je ne savais plus trop quelle main choisir pour écrire, n'étant jamais content de mon écriture. Je suis peut-être resté un gaucher contrarié, comme un pédé contrarié ; ou est-ce que je suis un droitier contrarié, doublé d'un hétéro contrarié ? Vite écornée, une destinée. Un grain de sable dans la mécanique sensible suffit pour se sentir tenu à distance de son propre désir ; on ne sait même plus où il est allé se fourrer, on a beau le chercher, on ne le trouve pas, ou bien on fait semblant de l'avoir rivé à soi. Et si ce n'était pas le bon ? Eh bien, on morfle, on se mortifie. Et si l'on ne se ressaisit pas à temps, on passe à côté de sa vie, tout le monde s'en fout. À la fin, ça ne ressemble à rien, c'est de la charpie.

« Champion de jeûne », chacun peut le devenir, le quart d'heure de célébrité écoulé, on ne tergiverse plus pour se vendre à un cirque de seconde zone, on se débrouille avec l'emplacement de sa cage – un peu à l'écart de celles des fauves, bien plus attractives que la sienne. Après quelques années, le nombre des jours de jeûne n'étant plus consigné sur le tableau noir au fond de sa tanière, on peut atteindre le sommet de son art dans l'indifférence générale, et se consumer discrètement, jusqu'à se dissoudre dans la paille. Un beau matin, le gardien se demande quand même ce qu'il y avait bien pu avoir comme animal triste dans ce gourbi, et il balaie les débris du jeûneur professionnel sans même s'en apercevoir.

Ce court récit de Kafka, je l'ai lu la première fois sous le titre : « Un artiste de la faim ». J'étais encore étudiant à l'école des Beaux-Arts de Paris. La tentation était alors grande de l'associer au destin d'un candidat artiste éconduit, du trajet accéléré qu'il accomplit : encore fringant et désirable et productif au sortir d'une école ; quelques déconvenues plus loin, il se froisse, il se casse, change de sillon, jusqu'à se retirer au fond de son abri. Faisant le vide autour de lui, il éprouve tout autant la misère affective que la veulerie de ses anciens congénères, sans espoir de connaître des jours meilleurs. S'il veut vivre encore un peu, s'il a le cran de s'inventer une autre vie, il n'a pas d'autre choix que de détruire lui-même une partie de ce qu'il a fabriqué durant ces décennies d'intense activité. S'en défaire, tout simplement. Dans un élan de re-vie, il lui incombe d'accomplir cette tâche.

Ma mère, sur une piste de danse, elle existe. Les quelques fois où je l'ai vue danser, j'étais fier d'elle. Déjà, jeune fille, danser pour elle était une échappatoire. Elle se rendait au bal, d'abord accompagnée par sa mère, et puis seule. Il n'était pas question de flirter, mais de danser. Elle y allait pour le plaisir de tournoyer sur la piste et lorsqu'elle trouvait le bon partenaire, elle l'appréciait ; et si le gars la collait de trop près ou lui faisait du gringue, elle le plantait net en plein milieu de la valse. C'est ce qu'elle m'a raconté, je la crois sur parole, elle peut être brusque parfois. J'aimais bien la voir danser avec mon père, sentir qu'il y avait eu quand même quelque chose entre eux, elle n'était pas que la mère de ses enfants, ils s'étaient aimés, même si ça n'avait pas duré très longtemps. Il l'a quittée à l'orée de la quarantaine, elle n'a pas cherché à le retenir. Et lui, de son côté, il l'a soutenue financièrement toute sa vie, il ne l'a pas laissée tomber.

Au casino de Royat ou ailleurs, autant qu'elle a pu le faire, elle est allée danser, seule ou avec une amie. Elle avait des robes à volants, des souliers qui glissaient bien sur le parquet. Avant de s'y rendre, elle se coiffait, elle se maquillait, elle se parfumait. Une fois sur place, elle ne restait pas assise longtemps, elle n'y allait pas pour regarder les autres danser. Bien sûr, les dernières années, il y avait de moins en moins d'hommes, elle s'en plaignait, car danser avec une femme, ça ne l'intéressait pas du tout. À plus de quatre-vingts ans, elle en rêvait encore, ça lui manquait tant. C'était une façon de sentir son corps tout chaud. Le plaisir de danser, elle me l'a transmis ; depuis que je suis tout petit, j'aime ça et me saoule pour pouvoir danser le plus possible, jusqu'à sortir de là en nage. Une fois ivre, c'est avec les femmes que j'aime danser, j'entame alors une vraie parade amoureuse ; on pourrait croire que je suis un chaud lapin. Je me permets des trucs qu'un hétéro ne se permettrait pas, mais comme elles savent que je suis homo, je peux aller plus loin, elles ne me disent rien. Elles rigolent de me voir faire le mariole, je gigote comme un pantin. Tout ça n'est pas très sérieux, elles le sentent bien. Le lendemain matin, je suis dans le coaltar, tout courbaturé, avec la gueule de bois – c'est exactement l'état dans lequel je suis au moment d'écrire ces lignes.

Si je pouvais écrire comme je danse, mais non, écrire comme un pantin, ça ne se peut pas ; devant l'écran de mon ordi, je suis tout tassé. Ce n'est pas si simple de restituer l'énergie de la danse dans sa façon d'agencer les mots ; et pourtant, c'est à la singularité de son tempo que l'on reconnaît une écriture entre toutes. Se fier à son oreille suffit. Si tu t'emmerdes en te relisant, ce n'est pas bon signe : ce que tu viens d'écrire, ça ne tient pas, c'est l'œuvre d'un homme assis. *Être cul-de-plomb, voilà, par excellence, le péché contre l'esprit ! Seules les pensées que l'on a en marchant valent quelque chose*. Oui, les pensées sont comme des papillons ; si tu veux les garder vivantes, il ne faut pas s'amuser à les épingler dans une boîte fermée ; sinon, tu deviens un entomologiste amateur : ce que tu manies alors, c'est mort.

Après quelques semaines dans ton nouvel abri, tu t'aperçois que tu n'as guère produit de confettis. Tu t'es contenté de perforer quelques feuilles mortes, quelques tickets de caisse, parce que les rondelles découpées dans ces derniers sont les plus volatiles. En revanche, tu ne t'es toujours pas attaqué aux archives, comme s'il te fallait avoir recours à une machine plus performante. Mounir, l'un des pensionnaires de la Villa, a proposé de t'aider à concevoir une machine à fabriquer des confettis ; mais est-ce qu'il aura le loisir de la mettre au point, rien n'est moins sûr, il a déjà assez à faire avec son propre taf. Depuis son arrivée, il fait le même constat que la plupart d'entre nous : entre la vie de famille, l'agencement de son lieu et les *studio visits*, il n'a le temps de rien faire. Nous faisons tous l'expérience d'un temps en morceaux, sans cesse interrompus dans les tâches censées nous occuper du matin au soir. Au lieu de lutter contre ce sentiment, je voudrais travailler avec. Le projet-confetti appelle l'interruption : ces allées et venues d'une table à l'autre, cette danse de petits pas dans l'atelier, cette succession de commencements, comme autant de gestes suspendus, d'idées embryonnaires à peine dépliées. Bien sûr, on peut trouver un charme à la fragilité de ces menues choses bricolées au coin d'une table, mais ça ne suffit pas ; cela est susceptible de disparaître d'un moment à l'autre, comme fétu de paille. Il te revient de rendre plus léger encore le tremblement qui déplace les lignes striant l'horizon devant toi.

Cette parole brisée, il n'est pas aisé de la saisir ; pourtant, c'est elle qui te constitue ; c'est elle qui te fait tournoyer sur toi-même – jusqu'à la chute. Ces bris-là, appelle-les comme tu voudras – *confettis, coriandoli* –, mais n'en fais pas des choses mortes. Lorsque tu sens poindre l'ennui, dans le geste d'écrire comme dans celui de découper des petits ronds de papier, va te balader dans les rues, ne cherche pas à retenir les pensées qui te viennent, laisse-toi modifier par le lieu où tu es, laisse-toi le temps de faire les choses, ne te regarde pas en train de les faire.

Est-ce que l'on rend service à un artiste en lui offrant un cadre aussi prestigieux que celui de la Villa Médicis ? Est-ce qu'il ne serait pas mieux de l'expédier en lointaine banlieue ? C'est la question qui me taraudait avant de venir ici. Au sortir des Beaux-Arts, le directeur de l'époque m'avait incité à présenter un dossier de candidature. Selon lui, j'avais le profil requis : fraîchement diplômé, avec les félicitations du jury. Au fond de moi, ça ne tenait pas. Dans les mois qui ont suivi l'obtention du diplôme, où l'on se doit d'être attentif aux moindres de ses choix, je me suis écroulé comme un château de cartes. Aucune envie de passer d'un palais à l'autre. Les dorures au plafond, ça ne m'a jamais troublé. Je trouvais qu'il y avait quelque chose de mortifère qui se dégageait de ces endroits-là. Et puis, ce que j'avais entrevu des restitutions d'anciens pensionnaires de la Villa, des œuvres produites sur place, je ne peux pas dire que cela m'avait convaincu, ça suintait davantage l'ennui que la très grande nécessité intérieure, si vous voyez ce que je veux dire. Ce dont j'avais le plus peur à l'époque, c'était de tomber en dépression. J'avais vingt-sept ans, et je ne me sentais pas d'attaque. La boule au ventre tous les matins. Vivre, déjà, m'était difficile, alors faire de l'art, vous imaginez bien dans quel pétrin je m'étais mis. Il me fallait d'abord gagner ma vie et, plus encore, reconquérir la joie de vivre, avant de prétendre jouir d'une liberté recouvrée.

Au sortir des Beaux-Arts, l'urgence, c'était de me cogner au réel, je ne recherchais pas le luxe de temps qu'offrent ces résidences d'artistes aux heureux élus. À l'époque, il y avait aussi l'Akademie Schloss Solitude qui me faisait rêver, rien que pour son nom, j'y serais bien allé. Mais quand même, accolé au « château de solitude », il y avait le mot « académie », qui pour moi rimait avec aboulie, fatigue tenace, anxiété croissante ou retrait du monde qui n'exprimait alors qu'une très grande lassitude – *las de tout et de tous, mais avant tout las de soi.*

Vingt-sept ans plus tard, me voici admis à l'Académie de France à Rome, un comble, alors qu'aux yeux de mes pairs, en tant qu'artiste plasticien, j'étais mort depuis longtemps. Le seuil de la cinquantaine franchi, je réapparais dans la robe de chambre moirée d'un écrivain ; l'occasion m'est donnée de me refaire une petite santé dans l'enclos romain – une cure de jouvence avant d'attaquer la descente. Se présentent à moi des *raisons de vivre heureux* et de lancer quelques poignées de confettis au-dessus de ma tête pour me porter bonheur. Je ne sais pas si cela me ressemble de jouer au gars super festif, léger et tout. Bon, là, je vais devoir interrompre ma logorrhée, il y a Annie Ernaux qui nous fait l'honneur de sa présence lors d'une conversation publique au grand salon, un dimanche d'octobre, en fin d'après-midi, quelques jours après avoir obtenu le prix Nobel de littérature.

Une *autobiographie impersonnelle*, ou plus encore, une *autobiographie collective*, c'est ce à quoi elle s'est tenue. Pessoa, quant à lui, dans *Le Livre de l'intranquillité*, parlait d'une *autobiographie sans événements*. Partir de soi pour s'adresser à l'autre, ou mieux, répondre de l'autre, de ce qu'il y a de plus étranger à soi. C'est le trajet que je voudrais accomplir dans les mois à venir. Pour cela, je choisis la forme irrégulière d'un confetti, la juxtaposition de courts récits. *En vérité, il s'agit beaucoup moins de transformer l'artiste d'origine bourgeoise en maître de l'art prolétarien que de le faire fonctionner, fût-ce aux dépens de son efficacité artistique, en des endroits importants de cet espace d'images. Ne pourrait-on aller jusqu'à dire que l'interruption de sa « carrière artistique » représente une part essentielle de son fonctionnement ?* Sachant d'où je viens et ne pouvant nier l'endroit où je suis aujourd'hui, je dis « oui ». L'artiste a tout intérêt à rompre avec le milieu où il est censé œuvrer et avec lequel il est surtout obligé de composer.

Dans une autre vie, ça ne m'aurait pas déplu d'être un *rhyparographe*, autrement dit un « peintre de détritus ». C'est une historienne de l'art à qui je faisais part récemment de mon projet-confetti qui m'a soufflé ce terme savant pour désigner ces artistes de l'Antiquité gréco-romaine s'en tenant à représenter des sujets bas ou triviaux, tel l'*Asàrotos òikos* de Sôsos de Pergame. Déjà, au temps où j'avais réalisé les dessins de chirurgie gynécologique, quelqu'un m'avait qualifié de *pervers polymorphe*.

Dans quoi je m'embarque? Organiser un carnaval en ces lieux, c'est peut-être un peu trop gros pour moi, et en contradiction avec le vœu initial: commencer petit, commencer confetti. Oui, mais, si je m'en étais tenu aux seuls bris et débris qu'il convie, est-ce que j'aurais été admis? Le jury n'a-t-il pas été plutôt séduit par mon intention de renouer avec la tradition du carnaval au sein de la Villa? Pris à son propre piège, celui qui dit s'intéresser à l'histoire du confetti ne peut faire l'économie de se pencher sur l'histoire du carnaval. Je n'ai pas encore osé aborder frontalement ce continent envisagé dans la longue durée, qu'il ait lieu à Rome, à Naples ou à Venise. Il me faudrait réduire le champ d'investigation, trouver un angle d'attaque, afin de ne pas me noyer dans la pléthore des documents à consulter. J'ai peur que cela ne mange tout mon temps, et qu'à la fin, je m'autoexpulse du projet, délaissant l'habit du marchand de confettis pour celui du maître de cérémonie que je ne connais que trop bien.

Au début de mes rêveries, j'avais imaginé organiser une procession dans Rome, en me référant à celle de l'artiste

Francis Alÿs dans les rues de New York en 2002, faisant porter par cent cinquante participants vêtus de blanc des reproductions d'œuvres d'art du MoMA : *Les Demoiselles d'Avignon* de Picasso, la *Roue de bicyclette* de Duchamp, la *Femme debout* de Giacometti, etc. Il m'importait de sortir de la Villa, ou de faire entrer le monde extérieur dans ce palais – celles et ceux qui n'y mettraient jamais les pieds si on ne les conviait pas, se disant à eux-mêmes : *Ce n'est pas pour moi.* Un bal masqué avec une taxe à payer à l'entrée comme seul critère de sélection, cela ne me dit trop rien.

En chemin, l'idée m'était venue aussi de fabriquer des hosties à l'échelle d'un confetti. La chorégraphie au moment de la distribution en deviendrait comique, le geste de déposer un confetti-hostie au bout de la langue de celle ou celui qui se présenterait devant moi bouche ouverte n'étant pas aisé. J'étais curieux d'apprendre à qui l'on confie la confection des hosties. Est-elle dévolue à une institution religieuse ? Et si j'arrivais à mes fins, de façon espiègle, cela ne m'aurait pas déplu de glisser dans mon lot de confettis faits maison quelques petits morceaux de buvard imprégnés de LSD. Après m'être shooté aux obsèques, le temps est peut-être venu de me shooter au confetti. Drogue récréative, mais pas seulement. Le confetti allume la mèche d'un récit dont je ne connais pas encore la teneur. À vingt ans, je travaillais du chapeau ; le seuil de la cinquantaine franchi, je travaille du confetti. Je mourrai guéri.

Dans mes poches, je n'ai pas de munitions – ni dragées, ni rondelles de papier. Dans la main, je n'ai pas de bougie, personne autour de moi ne s'amuse à l'éteindre. Sur ma tête, nul chapeau haut de forme qu'un garnement m'ôterait pour le piétiner. Un peu chiffonné ces derniers jours, je crains que l'hiver ne soit rude. À l'intérieur de mon pavillon, je vais devoir allumer des bougies, inventer des prières, apprendre les pas d'un derviche tourneur, afin de me réchauffer le cœur. Je voudrais que l'écriture découle d'un travail plastique, le temps de constituer tout un monde à partir de brindilles collectées jour après jour. Il y a quelque chose qui me fait peur dans la mise en œuvre d'un carnaval à la Villa, et pourtant, il ne faudrait pas me dérober à ce qui m'excède dans ce que cela exige de moi – *voyant grand, agissant petit.*

Le vide est la *condition préalable au désir de recueillir.*

Le vide n'est pas la mort. Le vide appelle la vie.

L'art est affranchissement, s'il me donne ce que j'obtiendrais en changeant d'état.

Ou comment *augmenter sa puissance d'agir, s'affecter de joie.*

Rien n'est bon que ce qui vient tout seul.

Sucre ou plâtre ? À Rome et à Naples, on appelle confetti une préparation mi-sucre, mi-plâtre, formant de petites billes qui, durcies, puis projetées, se brisent en laissant une poussière aussi inoffensive que poisseuse. À Paris, celui-ci est baptisé « confetti italien ». En 1891, au Carnaval de Paris, on dit qu'*on va aux confettis* comme *on se voit aux confettis* ; le confetti en papier, dit « confetti parisien », y fait alors son apparition. D'une façon ou d'une autre, la durée de vie du confetti est brève. Il y a toujours eu les amateurs du confetti et ses détracteurs. Les articles et hypothèses sur sa naissance et son extinction ne manquent pas. Le 3 mars 1897, dans *Le Journal des Débats*, Georges Clément fait son éloge :

> C'est le confetti qui a été comme l'étincelle qui a rallumé la gaieté populaire. D'où est-il venu ? Qui, le premier, a eu l'idée de substituer aux boulettes de plâtre du Midi des rondelles de papier aux nuances variées ? Quel est le commerçant ingénieux qui, devinant les besoins de ses contemporains, leur a fourni des armes inoffensives en rapport avec leurs instincts de combativité atténuée ? Là encore, autant de mystères qui

ne seront jamais éclaircis. Quand on y réfléchit, il y a quelque chose de bien étrange dans cette douce manie qui s'est emparée de toute une population dont une moitié passe trois jours de l'année à couvrir l'autre moitié d'une neige multicolore. Et comme cette habitude est vite entrée dans nos mœurs !
Comme les gens les plus grincheux ou les plus solennels en ont vite pris leur parti, que dis-je ? ont daigné même y goûter un certain plaisir ! Et cette aimable fureur du confetti est d'autant moins inexplicable qu'elle ne fait de mal à personne. Le confetti italien fait plaisir à celui qui le lance parce qu'il fait du mal à celui qui le reçoit : de là sa raison d'être et le secret de son inébranlable popularité. Mais le confetti parisien, qui n'est que chatoyant et volage, qui ne risque d'estropier personne et qui, écrasé, ne se convertit pas en une fange épaisse et dangereuse aux piétons ; qui, comme son rival le serpentin, n'étouffe pas les pauvres arbres sous une carapace bariolée, pourquoi a-t-il été accueilli avec tant d'enthousiasme et choyé avec tant de sollicitude ?

Dans *L'Écho de Paris*, daté du 2 mars 1903, il est question de « l'impôt sur les confettis » :

Nos faiseurs d'impôts sont vraiment extraordinaires. Depuis quelques mois, ils s'acharnent à écorcher tout vifs des gens qui ne veulent rien donner, et ils oublient d'imposer une multitude de bons citoyens qui ne demandent qu'à payer : les jeteurs de confettis.
Il est évident que ce dernier carnaval a prêté à des incidents regrettables, que des bandes organisées y ont fait trop d'opérations… de Bourse. Mais il est aussi évident que la suppression pure et simple des petits papiers, atteinte nouvelle à la

liberté, navrerait les jeteurs de confettis, tout en mécontentant les mauvais garçons qui « font » les poches.
L'impôt sur les opérations de Bourse semblant difficilement applicable en la matière, il n'y a absolument qu'une bonne taxe sur les confettis pour tout arranger.
Les multicolores petits papiers, ayant acquis un prix sérieux, seraient alors lancés beaucoup moins abondamment. Les combattants seraient moins nombreux et les luttes moins vives. Le peuple s'amuserait. La police pourrait efficacement remplir son mandat et l'État ses caisses. Mais où sont les législateurs d'antan ?

Dans un article du *Petit Journal*, daté du 26 octobre 1903, ça commence à sentir le roussi :

Les scènes scandaleuses qui se sont produites dans la soirée de mardi, au plus fort de la bataille de confettis – scènes qui ont provoqué l'arrestation de plus de quatre cents individus –, ont beaucoup ému la préfecture de police. [...] La cause initiale des désordres est le jeu des confettis ; il ne peut être question d'en interdire la vente qui intéresse beaucoup le commerce. Cependant, le préfet de police examine très sérieusement la possibilité d'en diminuer les dangereux excès en le défendant dès la nuit tombée.

Où est l'événement, en quoi consiste un événement ? s'interroge Gilles Deleuze lors de ses entretiens avec Claire Parnet, avant de laisser poindre cette belle formule : *Tout événement est un brouillard de gouttes.* Les remous produits par les batailles de confettis n'auraient-ils pas à voir avec la question de l'aura ? L'aura désigne tout d'abord un souffle, une brise, et toute exhalaison, avant que Walter Benjamin n'en précise la teneur : *trame singulière d'espace et de temps, unique apparition d'un lointain, si proche soit-il.* Lorsqu'on découvre les photos des carnavals au début du siècle dernier, c'est bien une sorte d'aura qui nimbe les visages assaillis par les jets de confettis. Le déclin du confetti rappellerait le déclin de l'aura. Le jet de confettis semble raviver un geste très ancien – survivance de rites païens. C'est tout autant une adresse muette à son prochain qu'une façon de lui rappeler sa capacité à lever les yeux, de chercher son regard. Une bataille de confettis comme une brève interruption dans le continuum de l'histoire.

En me rendant attentif au mot « confetti », au télescopage des temps qu'il suscite, ce n'est rien d'autre qu'un espoir que je poursuis, tout en riant de la perte de mon auréole. C'est poursuivre la conversation avec mes fantômes, imaginer une procession autre que celles que j'ai pu accompagner lors de mes années pompes funèbres. Pas mieux pour se délester de tout ce qu'il y a de mauvais en soi – mauvais sentiments, mauvaises humeurs, dilapidés en un quart d'heure. *Qui n'a pas son kiki, son kilo de confettis !* Il revient à chacun de jouer sa propre histoire – bonheur et brièveté sont alors comme frère et sœur.

Dans une urne n'entrent pas les confettis. Au jardin du souvenir du Père-Lachaise, je n'ai encore jamais vu de dispersion de confettis. Des pétales de roses, oui ; des confettis, non. Il faudrait y songer. Il est plus aisé de plonger la main dans un sac de confettis que dans les cendres de feu son ami. Et pourtant, s'il m'incombait d'accomplir ce geste, je n'hésiterais pas, j'y plongerais la main, pour que celle-ci se souvienne, et aussitôt s'oublie dans ce geste. Lors d'instants solennels éclatent parfois des rires de pleurs – larmes et confettis se mêlent. Quant au jeu de faire manger des confettis à son comparse de fête, jeu dangereux ? Oui, on déplore des *morts de confettis*.

Et dans ma main, et dans mes poches, des résidus de papier multicolore, pour voir la vie en beau – ou autrement.

Et à la fin, quoi que je fasse, de ma carcasse ne restera qu'un tas de cendres.

Demain c'est jour zéro, je me disais ça souvent quand j'étais gamin, déjà mécontent de tout ce que je pouvais entreprendre, me jugeant sévèrement. Je ne sais pas si j'exigeais trop de moi, mais le fait est que je me cognais assez vite à mes limites. C'est comme ça qu'est né en moi le sentiment de n'être pas très fute-fute, je m'entends encore le dire à mes sœurs : *Vous verrez, lorsque je serai convoqué aux trois jours en vue du service militaire, je n'aurai pas besoin de jouer au fou ; lors des tests, ils détecteront un Q.I. faible, doublé d'une sensibilité exacerbée, ils ne s'encombreront pas d'un petit gars comme moi.*

Je me souviens qu'à la fin du repas, mon oncle découpait minutieusement en petits morceaux l'épluchure d'orange avec le couteau qu'il avait dans la main, je le vois encore le faire. Il n'est pas le seul à s'adonner à ce jeu ; d'autres s'amusent à faire des boulettes avec de la mie de pain qui devient grise à force d'être modelée.

Enfant, en guise de prière avant de m'endormir, je me disais donc tout bas : *Demain c'est jour zéro, tout ce que j'ai fait jusqu'à ce jour, c'est zéro.* À l'envie de reprendre tout du début, je ne résistais pas. Et cette envie de *tabula rasa* me taraude encore aujourd'hui, lors de l'opération-confetti que je mène ici : le vœu de broyer une partie de mes archives, pour ne pas le laisser faire à d'autres après ma mort. Pas seulement. Quelque chose d'autre m'anime. En faisant place nette, je fabrique l'illusion d'un nouveau départ.

Ce n'est pas la peur de la feuille blanche, c'est la peur de l'écran noir. À quel moment tout cela sera passé à la grisaille ? Je suis devenu une drôle de bête. *Les bêtes auraient-elles moins peur parce qu'elles vivent sans la parole ?* Est-ce par la parole que je m'enlise ? Écrire serait alors l'occasion de balayer devant la porte de mon pavillon, d'en vérifier les entrées, les sorties. Mais non. *Toute l'écriture est de la cochonnerie.*

Si, pour certains, c'est l'écriture qui est de la cochonnerie, pour d'autres, ce sont les confettis. À l'époque de leur avènement lors des carnavals de Paris, dans les années 1890, ces derniers les qualifient de *papier microbe*, réussissant même à les faire interdire sur la voie publique. Les marchands de confettis étaient alors des gagne-petit, et l'on pourrait dire la même chose aujourd'hui de la plupart des écrivains, mais ce n'est pas une raison pour balayer ce qu'ils fabriquent d'un revers de la main. La plupart d'entre eux ont une double journée : une grande partie de leur temps est occupée à gagner leur vie ; une autre, moindre, à l'activité clandestine d'écrire. Quelques-uns n'ont que ça à faire, ça les dessert parfois, lorsqu'ils se coupent de la réalité de celles et ceux dont ils sont censés faire le récit. Ils ne s'en rendent pas toujours compte, engoncés dans leur intérieur bourgeois et prisonniers de leur souci de faire œuvre, n'évoluant plus que dans un entre-soi de gens soumis au même régime qu'eux – exactement ce dont je fais l'expérience en ce moment à la Villa Médicis.

Pour me changer les idées, je n'ai qu'à apprendre par cœur le monologue joueur du *Ramasseur de confettis*, signé par Jean du Moulin, dégoté dans *L'Écho du Boul'Mich Illustré* daté du 21 mars 1895 :

La v'la r'venue la mi-carême,
Ben, mon colon, j'suis rien content :
Depuis un an que j'bats la flemme,
J'commençais à dev'nir fainéant.
J'peux pas fournir une longu' journée,
Quand j'travaille trop j'suis abruti,
Mais j'turbine qu'une fois dans l'année :
J'suis ramasseur de confettis !

Vous écarquillez vos mirettes,
Vous avez tous l'air épaté ;
Vu qu'j'ai encore des mœurs honnêtes,
J'pouvais pas faire un député.
Si j'étais doué par la nature,
Dans les journées, j'aurais écrit,
Mais je n'sais pas chanter en mesure.
J'suis ramasseur de confettis.

Jadis, quand j'étais au lycée,
J'étais un typ' phénoménal,
J'ai même eu, j'vous cit'rai l'année,
Un prix au Concours général.
Quand on chine l'enseign'ment s'condaire,

Moi j'donne un démenti,
Il m'a ouvert une chouett' carrière :
J'suis ramasseur de confettis !

Jadis, j'nageais dans la richesse,
J'couchais dans la soie et l'satin,
J'ai tout donné à une duchesse,
Qui m'a lâché l'lend'main matin.
Et quand j'les rencontr' dans la rue,
J'sais pas pourquoi, tous mes amis
N'me répondent pas, quand j'les salue :
J'suis ramasseur de confettis.

Quand je s'rai vieux, j'plierai bagage
Et j'm'en irai ben tranquillement,
Dans l'paradis, faire bon ménage
Avec les saints du firmament.
Et comme j'ai quelqu'un qui m'protège,
Je gard'rai l'métier qu'j'ai appris :
Quand l'bon Dieu f'ra tomber la neige,
J'y ramass'rai ses confettis !

Ça fait juste dix ans que Joris m'a quitté. Si notre relation n'a pas duré deux ans, le temps pour me remettre de notre séparation a été long. Quel rôle lui ai-je fait jouer pour souffrir autant de son absence ? Celui d'un frère de substitution ? Jusqu'au jour où le voile se déchire, on se réveille d'un amour halluciné, celui qu'on aime, ce n'est plus lui. Du reste, il est déjà parti. Dans son regard absent, un soir, j'ai senti qu'il décrochait, sa décision était prise, il me quitterait. Aime-t-on jamais quelqu'un de réel ?

Dès le premier jour, le premier pas vers lui, on sait tout, on sent tout. On décide de déplier l'histoire, de laisser croître ses sentiments, ou bien on les étouffe, on ne veut pas connaître la suite, on ne s'engage pas, on retourne à sa solitude, on reprend le soliloque, on arrête tout. Voilà, je suis passé par là, je n'ai pas cherché à combler le trou. J'ai déplacé la table, l'ai mise au travail. Jour après jour, il m'a fallu reconquérir une parcelle de terrain, afin d'y convier les êtres qui me donneraient accès à *la fête des possibilités.* On s'invente des amis, on s'en fabrique de toutes pièces, on se fait plus nombreux qu'on n'est. On se fait rond. On arrête de dramatiser. On ne cherche plus à occuper son temps ; on le coupe en morceaux. On entrevoit le vide. On trouve l'énergie de creuser de nouvelles galeries, on agrandit son terrier, on y voit des cieux, des stries, on y trace quelques figures. Dans les boyaux de la terre, on se sent mieux, on se moque des mauvaises odeurs, des émanations, on y fait sa litière, on n'y reçoit personne, on a encore beaucoup à faire avant d'y accueillir quelqu'un. Patiemment, on reconstitue ses réserves, on découpe ses images, on y planque son butin. Un jour, cela devient un bouquin. Dès lors, on vit porte ouverte, on n'est plus chez soi, on va se planquer ailleurs, on cherche un autre endroit, on n'a pas le choix, on se surprend à être d'humeur badine, on s'invente un métier, on se dit qu'on va se contenter de peu, convertir le travail en jeu. Dans la rue, on appelle sa mère, on s'entend lui dire à haute voix : *Maman, je suis heureux !*

Soudain, nous parvient un cri – celui d'un marchand de confettis. Le mot « confetti » nous frappe, on le retient, il devient aussitôt mot de passe, on se fie à lui, il nous indique un chemin. À chaque pas, tout fait signe. On débloque sa situation ; l'espoir renaît, on imagine une fête, on se voit œuvrer tel un Sisyphe heureux. On croit en quelque chose. On n'a plus peur. On devient joueur. On a envie d'une grande bataille de confettis, on y convie ses amis, tout le monde se réjouit. On se dénude un peu plus, on n'a pas peur d'être nu, on retrouve l'appétit, on a envie de mordre, on se fabrique un nouvel habit, on écrit, on ne se regarde pas écrire, on court les rues, les pavés sont disjoints ; dans les intervalles, qu'est-ce qu'on voit ? Des mégots, des brindilles, des crachats – les reliefs d'une fête.

Quand il est entré dans ma vie, j'étais *prêt.* Quelques jours après l'avoir rencontré, je lui ai dit qu'il était *l'homme de ma vie.* Je ne m'étais jamais entendu dire un truc pareil ; je ne le redirai plus. Notre premier voyage, c'était à Rome. Il m'encourageait à présenter un dossier de candidature à la Villa Médicis. Aussi m'aidait-il à renouer avec mon travail plastique, après une interruption de plusieurs années. Il s'engageait à mettre en page le dossier. Je passais par un travail d'écriture pour rassembler mon matériau.

Une partie des archives remuées à cette époque, je l'ai emportée avec moi à Rome, avec l'idée de m'en séparer, le pari consistant à en faire un court récit avant de la détruire. À cet instant, je n'ai pas la force de replonger dedans. Les fouilles à peine entamées, je voudrais passer direct à l'étape suivante.

Comme si j'en avais bavé des ronds de chapeau ; comme si je ne foutais rien ; comme si je ne cherchais pas à gagner ma vie ; comme si je cherchais la sortie ; comme si je lui laissais toute la place ; comme si j'avais quelque chose à me faire pardonner – je n'en aurais donc jamais fini de faire la poussière ; comme si, poussière, tu finiras poussière ; comme si, monade, sans porte ni fenêtre, j'attendais la prochaine éclaircie ; comme si, de l'abandon, j'avais peur ; comme s'il me fallait fendre les mots sur lesquels je bute ; comme si je m'étais construit sur du sable ; comme si j'attendais mon heure – mon quart d'heure de célérité-ébriété ; comme si, mon tour étant passé, je me contentais des *plaisirs d'anxiété* ; comme si je m'éloignais de la réalité ; comme si je rêvais ma vie ; comme si je redoutais *l'heure de l'ombre la plus courte* ; comme si, devenu mon pire ennemi, je ne pouvais m'appuyer sur ce que j'ai déjà dit ; comme si la seule façon de m'en sortir était de reprendre tout du début ; comme si j'en étais encore à chercher la forme dans laquelle tout puisse entrer ; comme s'il me fallait tout broyer menu en amont ; comme si, fermant mal, je connaissais mes sons ; comme si, ne m'aimant plus, j'aimais un nuage gris, le ciel gris ; comme si je me vidais de mon vide ; comme si j'avais passé mon code, mon permis ; comme si je devais me débrouiller avec les miettes et me passer de la mie ; comme s'il faisait tous les jours soleil ; comme si je rejoignais là leur combat.

Comme si nous ne produisions que du temps ; comme si nous ne parlions pas le même langage ; comme si chaque chose réclamait une forme ; comme s'il y avait une autre vie ; comme si je constituais là un viatique ; comme si, traversé par des courants adverses, c'était toujours la même histoire, je ne sortais pas du manège ; comme si j'avais joué ma vie au hasard ; comme si j'attendais le moment propice pour prendre congé ; comme si je ne pouvais ignorer qu'il y a déjà un art, déjà là un monde ; comme si j'avais vite fait de racler le moule ; comme si je me cherchais dans tous les coins et ne me trouvais pas ; comme si, dans mon dos, les portes se refermaient les unes après les autres ; comme si je m'adonnais *à mon seul désir* ; comme si j'avais expulsé de moi *la forme qu'on croyait si bien attachée, composée, coordonnée, assortie à mon entourage et à mes semblables, si dignes, si dignes, mes semblables* ; comme si nous étions devenus frères et sœurs *par autocritique* ; comme si je ne l'avais pas vu venir ; comme si je n'avais plus *le courage de l'expression directe par les mouvements* ; comme si je m'en remettais aux dires d'une cartomancienne ; comme si c'était cuit, toujours déjà cuit ; comme s'il m'était permis de réaliser quelque chose dans la vie ; comme si je m'étonnais du petit bout de gras, du petit tas de cendres que chacun laisse derrière lui ; comme si s'amenuisaient en moi les forces de vie ; comme si je ne m'étais pas vu vieillir ; comme si je prenais conscience de tout ce qu'il y avait d'irrésolu en moi ; comme si j'étais devenu un vieux renard ; comme si j'attendais de l'autre qu'il me remette en mouvement ; comme si j'avais des amis en carton ; comme si, dans mon sommeil, une amarre s'était rompue ; comme si vieillir était à soi seul un destin ; comme si le destin personnel se réduisait à quelque chose d'impersonnel, *comme si on avait deux destins : l'un actif et secondaire, qui s'accomplit ; l'autre inactif mais essentiel, que l'on ne connaît pas.*

Jusqu'à ce que tout soit fini. Il est fini, le temps des confettis ? Dans ce que tu appelles ton abri, qu'est-ce que tu produis, si ce n'est un monticule de débris ? Te saute aux yeux un résidu d'enduit, une boulette mi-sucre, mi-plâtre. Au cuit, tu préfères le cru. Au sucré, le salé. Ton poids en confettis, et puis ? Au-dessus de ta tête, il pleut, le ciel s'est obscurci – parsemé de pixels, des pixels par milliers.

Tour à tour, la chose « confetti » nous regarde de près, le mot de loin. Un confetti désigne un « ici », et puis un autre, et puis un autre. Une fête, une cuite, une fuite dans les idées. C'est un mot qui entre illico dans ma pharmacie, pour me guérir des autres, des mots des autres – trop gros pour y entrer.

Quand Saverio, le jeune commissaire d'expo, m'a proposé d'intervenir dans l'annexe de la bibliothèque à l'occasion de « Nuit Blanche à la Villa Médicis », j'ai tout de suite vu comment j'allais m'y prendre : l'emplacement de la table, le matelas sous l'escalier, les images découpées et les phrases tronquées à disséminer sur les étagères alentour. Quelques jours plus tard, j'étais à l'œuvre. Rien de laborieux. Le travail est devenu un jeu : classeurs, cahiers, livres, cartons de cinéma muet, chaque élément a trouvé sa place. Tout autour de la table-établi, mon univers en miettes. Passager clandestin en cet endroit, j'ai la possibilité d'y agir à ma guise dans le laps de temps qui m'est donné.

Le soir de la performance *Artista al lavoro*, ayant eu le loisir d'agencer le lieu à l'abri des regards, je pourrai ouvrir grand les portes ; les visiteurs me verront d'abord de dos, assis à ma table, tel saint Jérôme dans sa cellule – silhouette courbe devant mon écran d'ordi. Une cordelette me séparant d'eux, ils s'arrêteront au seuil – comme devant un tableau animé. La distance sera suffisante pour leur parler comme si j'étais seul.

Dans l'après-midi, j'ai enfilé ma tenue de « travailleur de l'art », c'est comme ça qu'on nous désigne maintenant : combinaison en toile épaisse, avec un T cousu dans le dos ; je l'avais achetée pour faire le vitrier dans les rues de Bruxelles, il y a déjà quelques années. Je l'avais également lors de la performance à la foire d'art contemporain de Tbilissi, en 2018. L'habit ne fait peut-être pas le moine, mais depuis mes années pompes funèbres, j'ai compris que porter un costume m'aide beaucoup à assumer la fonction que l'on attend de moi. À un moment donné, tu n'es plus toi, tu endosses le rôle, comme si tu avais fait ça toute ta vie. Les gens venus assister à la cérémonie ne te perçoivent qu'à travers cet habit et les signes extérieurs et les gestes précis qui lui sont associés. Ils t'écoutent, tu sembles crédible, tu adhères alors plus aisément à ce que tu leur dis. Tu fais semblant et tu ne fais pas semblant. Tu t'ouvres à eux, dans l'espoir qu'ils s'ouvrent à leur tour.

Devant un public majoritairement romain, l'occasion est donnée à chaque pensionnaire d'exposer un fragment de ses recherches. À chacun sa partition et sa façon de la jouer. Je jouerai donc la mienne six heures d'affilée, en montrant une soirée somme toute assez banale, leur faisant part de tout ce qui me passera par la tête, sans m'autocensurer. À l'extérieur de ma cahute, l'enceinte à laquelle est relié mon micro-cravate rendra audibles ce soliloque et autres combines pour sortir de soi sans sortir. Lorsque je danserai ou reprendrai mon souffle, ils entendront les bruits du corps.

À dix-huit heures pétantes, Gianni m'a donné le top départ de l'enregistrement, j'ai démarré sur les chapeaux de roue, m'étant déjà enfilé deux ou trois coupes de champagne lors du cocktail Chanel offert dans les galeries du palais. Je suis allé directement à mon poste, comme si j'étais payé pour ça – tour à tour prisonnier et geôlier.

J'ai gardé la chambre tout le soir. Ils m'ont entendu causer. L'alcool agissant, la voix s'est enrouée, la fêlure est devenue perceptible. À la fin, j'ai fabriqué mes confettis sur la petite table basse face à eux ; je me suis tapé sur les doigts avec le marteau, en détruisant des pages et des pages manuscrites, des images découpées dans la presse, dont quelques-unes de CRS en pied. Par intermittence, je commentais ce que je faisais ou leur lisais des passages de livres aimés : *La Vie matérielle*, Duras, lorsqu'elle évoque son rapport à l'alcool : *Le travail manuel est sans doute de toutes les occupations de l'homme, celle qui le porte le plus droit vers la boisson. Voyez l'histoire des idées. L'alcool fait parler*. Pour me dégourdir les jambes, je dansais seul, ou j'époussetais les rayons de livres avec mon plumeau, en écoutant des chansons depuis mon ordi : Brigitte Fontaine, Franco Battiato, Christophe, Mashrou'Leila, Sophie Hunger… Puis, ce sont des voix d'écrivains artistes que j'ai conviées à ma table, en leur montrant des extraits d'archives sonores et visuelles : David Wojnarowicz, John Giorno, Ghérasim Luca, John Baldessari…

Durant cette soirée, cinq mille personnes ont défilé dans mon dos. Suffisamment concentré, je ne les ai pas senties, elles ne m'ont pas fait dévier de mon sillon. À certains moments, j'entendais leurs rires, leurs gloussements. Une seule fois, je me suis permis de les prendre en photo : ils se sont alors inscrits dans l'encadrement de la porte ouverte, comme dans le rectangle d'un tableau. Regardeurs regardés par le célibataire, même.

Performer, c'est perdre la forme, c'est faire quelque chose avec la perte. Impossible de transcrire un moment pareil. *Écrire comme on performe*? Pas certain d'accéder à cette intensité, ce sont deux temporalités distinctes. En revanche, rien ne m'empêche d'être attentif à ce qui se passe en moi les jours suivants. Lorsque je défais le décor de papier autour de moi, je vois se déposer une à une les images sur la table grise. Dans ce nouvel agencement, elles me font davantage signe que scotchées sur les rebords des étagères. Je vois mieux les images au sol, ou disposées au hasard sur la table, que dressées avec soin devant moi. Lors de mes dernières performances, elles m'environnent, délimitent une aire de jeu.

Faire de mon lieu de vie un lieu de travail, ne pas les dissocier, c'est ce que j'ai reproduit ici, alors que d'autres possibilités s'offraient à moi. Jusque-là, je n'ai guère usé du dispositif des deux tables. De fait, me déplacer à l'intérieur de l'enclos de la Villa, traverser le Bosco, tracer quelques lignes, cheminer, prendre des photos, puis m'installer deux ou trois heures dans l'annexe de la bibliothèque, loin de tout et de tous, a fait naître en moi d'autres pensées, me donnant le sentiment d'être enfin au travail. Le bruit incessant de la circulation sur la voie express en contrebas me rappelle le monde extérieur, tandis que la présence des livres m'incite à reprendre contact avec un semblant de vie intérieure. En me fiant au hasard, laissant courir ma main sur les dos des livres, je fais des découvertes : dimanche dernier, vers midi, le livre de René Nelli – *Troubadours & Trouvères* – mettant au jour tout un pan de cette poésie occitane, avec, pour seul aiguillon, *l'amour qui meut les étoiles*. En faisant mes petits trous aussi ronds que possible, je ne désespère pas de rejoindre un jour ces régions où retentissent ces chants d'amour venus de loin, d'une étendue vide. Pour accomplir ce trajet, il me faudrait tourner le dos aux marchands, aux écrans, voleurs de temps qui s'insinuent dans nos vies et interfèrent tant dans le processus de transformation. Troubadours et trouvères seraient davantage mus par l'idée de l'amour que par l'attrait sensuel des corps. Ils apprennent du dehors, traduisent les choses dans l'espace, dansent avec les morts, dansent avec les mots. S'adressant à un public urbain, ils se jouent de la présence des riches marchands parmi eux, ils les défient dans un grand éclat de rire, se délient des confréries poétiques apparues au Moyen Âge.

Lorsque je documente ma vie et en fais des vignettes sur les réseaux sociaux, je me coupe de mon désir, l'émiette sur mon passage. Si je me fie à l'énergie que m'a rendue cette installation dans l'annexe de la bibliothèque, au plaisir de fabriquer la guirlande de lettres découpées en guise d'enseigne, je me dis que, oui, cette fois-ci, le travail d'écriture découlera de cette activité manuelle avec laquelle je renoue durant ce séjour à la Villa.

Le désir d'écrire vient de là – de cette manie de découper des images, de cette manière de découper des lettres en carton. Aujourd'hui, je deviens mon propre assistant, je suis mon aiguillon, j'ai encore des réserves d'amour en carton. *L'art se fait là où tu habites.* Le doute, cette fois-ci, je le fous dehors. Et si je traverse encore des moments de crise ou de colère, eh bien, je n'en ferai pas un drame – *petit-bourgeois qui dramatise tout.* Dramatiser, cela nous retient d'agir, ou cela nous oblige à opérer un léger décollement. En assistant à la venue de quelque chose d'aussi petit qu'un confetti, j'accéderai peut-être un jour à l'espace saturé de signes qu'est celui de la fête, me laissant guider ou dériver tout autant par *l'amour qui meut les étoiles* que par *le sommeil de la raison qui engendre des monstres.*

Le confetti est rebelle au balai, je vous le confirme, il ne se laisse pas balayer comme ça, il a une réaction épidermique aux poils drus du balai, comme s'il y avait de l'électricité dans l'air, un champ magnétique. Le confetti n'est pas seulement volatil, il adhère à toutes les surfaces, lisses ou rugueuses, il se mêle à la poussière, aux plumes, aux poils de cul, à toutes sortes de fils et filaments pas forcément visibles à l'œil nu. C'est pourquoi il ne se laisse pas attraper facilement. Les confettis se glissent dans les plis, les stries, les interstices, ils se dérobent à nos efforts ménagers ; cela deviendrait presque un jeu, une danse, en écho à la bataille de confettis qui a précédé. Il y a ceux qui balancent les confettis, et ceux qui les balaient ; souvent, ce ne sont pas les mêmes, sauf lorsque la fête s'est déroulée chez soi, et que la tâche de tout remettre en ordre nous échoit. Sinon, on ne connaît pas les visages, les gestes de ceux qui nettoient nos rues, nos places, ramassent les détritus de nos alcôves. Comme si nous ne voulions pas les voir, pas savoir comment ils s'y prennent pour éliminer nos déchets organiques et inorganiques, toute cette puanteur qu'ils évacuent sans qu'on ait un regard de reconnaissance pour eux.

Lors des carnavals de Paris sur les Grands Boulevards, des tonnes de confettis étaient déversées en quelques heures. À la fin de la journée, une épaisse couche en recouvrait le sol ; au-dessus, s'étaient agrippés aux branches les serpentins. Ce n'était pas une mince affaire de rendre leur apparence habituelle aux boulevards qui avaient été quelques heures plus tôt le décor de ces scènes de liesse populaire, comme le relate l'article du *Petit journal* daté de 1902 que j'ai pris soin de recopier. Le préfet a fini par donner raison aux mécontents de tout poil : confettis et serpentins ont été interdits à l'orée de la Première Guerre mondiale. Le soulèvement de papier n'aura duré que trois décennies. Et c'est un déluge de feu qui s'est abattu sur l'Europe : l'horreur de la guerre, des corps mutilés, des gueules cassées. Quelques soldats lettrés s'emparent de la forme haïku apparue en France au début du siècle dernier pour traduire en quelques mots ce qu'ils ressentent depuis les tranchées. La plupart reviennent mutiques du front. Il leur est impossible de raconter ce qu'ils ont enduré, comme s'ils avaient perdu *la faculté qui nous semblait pourtant inaliénable, la plus assurée entre toutes : la faculté d'échanger des expériences.* Seule une prose coupée semblait pouvoir restituer une parcelle du paysage dévasté, *le minuscule et fragile corps humain* pris dans *un champ de forces traversé de tensions et d'explosions destructrices* :

Un trou d'obus
Dans son eau
A gardé tout le ciel.

Dans un trou du sol, la nuit,
En face d'une armée immense,
Deux hommes.

Un grand trou noir,
Des espoirs fous,
Puis un grand trou.

Endosser l'habit du marchand de confettis, c'est vouloir renouer avec la figure du conteur, en colportant des histoires, en glissant les miennes dans celles, plus anciennes, qui m'ont été confiées. L'arrière-grand-père, du côté de mon père, est revenu de la Grande Guerre ; ce qu'il a été obligé de faire pour s'en tirer vivant, on ne le saura jamais. J'ai une photo de lui qui me suit partout où je suis. Il a ce visage asymétrique des Durif, un œil plus haut que l'autre – un œil sévère, l'autre malicieux. Je sais de lui qu'il grimpait à la corde à la seule force de ses bras, les jambes à l'équerre. On me l'a raconté, c'est comme si j'avais assisté à la scène. Est-ce qu'il serait content de savoir où crèche aujourd'hui le petit dernier de la lignée ? Est-ce aussi pour lui que j'écris ? Poussé en avant par les forces du passé, suis-je au bon endroit pour les accueillir ? les décupler ?

Parmi mes ancêtres, il y avait des tisserands, m'a appris mon père lors de notre dernière conversation téléphonique. L'un d'entre eux, on le surnommait « Durif Roman ».

Est-ce qu'il aurait fait le pèlerinage à Rome ? Au geste de tisser devait s'allier sans doute le plaisir de raconter des histoires. Quelque chose s'est transmis de ce côté-là. Dans cette famille Durif, on aime parler. Manifestement, on aime tisser des liens par la parole. S'il y avait des taiseux parmi eux, cela ne les empêchait pas d'apprécier les récits des autres.

> L'art de raconter les histoires est toujours l'art de reprendre celles qu'on a entendues, et celui-ci se perd, dès lors que les histoires ne sont plus conservées en mémoire. Il se perd, parce qu'on ne file plus et qu'on ne tisse plus en les écoutant. Plus l'auditeur s'oublie lui-même, plus les mots qu'il entend s'inscrivent profondément en lui. Lorsque le rythme du travail l'occupe tout entier, il prête l'oreille aux histoires de telle façon que lui échoit naturellement le don de les raconter à son tour.

C'est en relisant « Le conteur » de Walter Benjamin que m'est venue l'idée d'associer au geste d'écrire celui de faire des confettis, misant sur la scansion des coups de marteau sur l'emporte-pièce pour m'approcher du tempo qui est le mien et me rendre attentif aux sons et sens de ce que je suis en train de raconter. À défaut de m'adonner aux haïkus, *écrire court*, comme me l'avait conseillé Madame Quentin à Pantin, la cartomancienne que j'avais consultée au moment où je commençais à trembler à ma place de conseiller funéraire. Déjà rassasié des histoires que j'avais emmagasinées lors de ces trois années passées à L'Autre Rive, la soupape chuchotait, je n'étais pas toujours heureux en paroles. À cette époque, *écrivain sans écrit*, artiste éconduit, il me fallait apprendre la patience, le temps de circonscrire ma sphère et de rencontrer la figure du conteur qui me conviendrait mieux, puisqu'il est celui *qui pourrait laisser la mèche de sa vie se consumer entièrement à la douce flamme de ses récits.* Et puis, présente à l'esprit, la destinée de Joseph Joubert, qui n'a pas produit l'œuvre qu'on attendait de lui, cherchant *cet espace où écrire, cette lumière à circonscrire dans l'espace*, s'en tenant au vide et au lointain : *Tourmenté par la maudite ambition de mettre toujours tout un livre dans une page, toute une page dans une phrase et cette phrase dans un mot. C'est moi.*

Me mettre à nu, ça, je sais faire, mais je ne suis pas sûr d'avoir encore quelque chose à apprendre en le réitérant à la demande, comme s'il ne m'était pas permis de toucher mon prochain autrement. Je viens de l'expérimenter une fois de plus aujourd'hui, lors de la première réunion en vue du carnaval, en présence du directeur et de trois autres pensionnaires. L'occasion de me rendre compte que son organisation matérielle me déborde de toutes parts. Je ne suis pas la bonne personne pour fédérer autour de ce projet, n'ayant pas le tempérament d'un meneur. Je ne suis pas non plus féru de bals costumés, et n'ai aucune aptitude pour construire un budget et manier de l'argent. Pas foutu de déléguer quoi que ce soit, ne pouvant demander à l'autre ce que je ne suis pas capable de faire moi-même. Au fond, organiser un carnaval à l'intérieur d'un palais n'a aucun sens pour moi.

J'avais d'abord imaginé un cortège qui se formerait devant la Villa, puis se dirigerait lentement vers la piazza del Popolo en contrebas ; puis une série de microévénements s'égrenant dans la ville, en écho à la déclaration récente de Matteo Salvini, ministre des Infrastructures du gouvernement de Giorgia Meloni – *È finita la pacchia* –, à la suite du décret voté le 31 octobre 2022, interdisant les rave parties et punissant leurs organisateurs de six ans d'emprisonnement. Autrement dit, la fête est finie. Comment, nous autres, pensionnaires de l'Académie de France à Rome, pourrions-nous faire allusion au contexte politique du moment, sans paraître arrogants aux yeux des Romains ? Nous leur donnons sans doute l'impression de mener la belle vie dans l'enclave de la Villa, sorte d'abbaye de Thélème, reprenant sa devise : *Fais ce que voudras*. Dès lors, la question qui nous taraude, c'est quoi faire quand on n'a que ça à faire. Les conditions optimales étant réunies, il arrive de buter sur ses propres limites.

Qu'est-ce que je fabrique ici ? Un carnaval ? des confettis ? Pour qui ? pour me distraire de quoi ? Je ne peux pas courir deux lièvres à la fois. Je n'ai qu'à me tenir au programme initial : faire mes confettis sans moufter. À la fin du processus de destruction, je ne sais pas quel volume cela représentera. Pas certain d'atteindre mon poids en confettis. En revanche, rien ne m'empêchera d'aller mener des excursions dans Rome, en dispersant discrètement mes confettis en chemin, en courant aussi peut-être le danger de parler tout haut dans ma solitude.

C'est bien cette question de l'intime dans l'espace public qui me préoccupe, en ayant présent à l'esprit le travail de l'artiste Félix González-Torres, en particulier sa série de photographies de « lit défait » placardées sur les panneaux d'affichage de New York City. Plus adepte d'actions restreintes que de gestes spectaculaires, je voudrais me faufiler dans les plis de la ville, repérer les brèches où distiller mes indices, inventer des ritournelles, produire des microrécits. Une façon d'expérimenter un art de la discrétion, compatible avec un travail d'écriture. La puissance d'agir perce au moment même où je suis prêt à tout laisser tomber. Pour cela, je n'ai pas besoin de me déguiser. Au geste de jeter des confettis, je pourrais associer quelques pas – une danse sur place. De toute façon, mon corps, *il est toujours ailleurs, il est lié à tous les ailleurs du monde, et à vrai dire il est ailleurs que dans le monde. Le corps est le point zéro du monde, là où les chemins et les espaces viennent se croiser le corps n'est nulle part : il est au cœur du monde ce petit noyau utopique à partir duquel je rêve, je parle, j'avance, j'imagine…* J'ai le corps plein de corps. *Ne me secouez pas, je suis plein de larmes.*

C'est dans la rue que ça s'écrit, pas dans un palais. Exposer c'est déplacer ; s'exposer, se laisser traverser. Il est des jours où l'on a besoin de se cogner aux corps des autres pour sentir le sien. Cette trajectoire que je suis à la trace, c'est celle du camelot vendant sur son chariot ses kilos de confettis. Si j'arrive à lui donner vie, je serai le plus heureux des hommes. Je ferai ce que je veux – pas exactement ce que je dis. *Pour qu'un fragment de passé puisse être touché par l'actualité, il ne doit y avoir aucune continuité entre eux.*

En guise d'intermède, je partage avec vous quelques bribes d'un « trésor » trouvé sur un forum en ligne. Dans le cartouche de Google, j'avais tapé : *machine à fabriquer des confettis*. Et je suis tombé sur ces échanges au long cours, du 1er novembre 2010 au 8 mai 2018. Je les retouche à peine.

MENUISE – APPRENTI

Bonjour,
Est-ce que quelqu'un a l'expérience de la fabrication d'une machine à faire des confettis avec un amenage automatique à partir de papier de récup genre catalogue, annuaire ?
Je fais partie d'un carnaval et notre budget confetti est assez lourd (la tonne et plus à l'avenir).
On a essayé avec des perforatrices à feuilles, mais c'est très long, surtout vers la fin.

ANONYMOUS – GUEST

Bonjour,
Faudrait se rapprocher des maisons d'arrêt ; je sais qu'à un moment les détenus fabriquaient toutes sortes de lampions et autres guirlandes. Doivent avoir la technique.

MENUISE – APPRENTI

Le problème des maisons d'arrêt, c'est que si c'est facile d'y entrer, la sortie n'est pas certaine.
Bon, sérieusement, pratiquement, je ne vois pas trop comment faire.

JAJALV – ADMINISTRATEUR

Bonsoir,
Se rapprocher des fabricants de bande (papier) pour orgues de Barbarie. Ils en font à longueur de journée (ou leur machine). Également, les fabricants de papier listing pour imprimantes. Dans les deux cas, les confettis sont plus petits, mais ils ne coûtent rien.

NICO91 – COMPAGNON

Oui, c'est ce type d'outils que l'on utilisait pour faire des trous dans les listings. Tu as un axe qui a la matrice et l'autre les poinçons. L'enfoncement du poinçon dans la matrice est réglé de telle sorte qu'il puisse entrer et sortir de la matrice sur un mouvement de rotation.

JAJALV – ADMINISTRATEUR

Il n'est pas obligatoire que le poinçon entre dans la matrice ! Et heureusement, sinon, beaucoup de découpage ne se ferait pas.

NICO91 – COMPAGNON

Oui, mais moi j'étais dans l'adhésif et les supports à découper étaient des matières de 55 µm, alors si ton poinçon ne rentrait pas dans la matrice de 0,5 mm tu coupais très mal. Je te dis pas le temps que ça prenait pour faire une molette complète, au moins 1 heure fastoche. En plus, si les trous n'étaient pas correctement débouchés, les clients gueulaient.

JAJALV – ADMINISTRATEUR

Bien sûr, tout dépend de la production que l'on a à faire. Mais crois-tu que dans le milieu de l'emballage, le produit soit à forte valeur ajoutée, mis à part pour la parfumerie et les articles de luxe ?

MENUISE – APPRENTI

Merci pour vos réponses, mais je pensais plutôt à une solution plus rustique du genre de la machine des Belges. Personne n'a de solution pratique ? On va être obligé de se taper tout à la perforatrice de bureau ?

RED_IS_DEAD – COMPAGNON

Automatiser la perforeuse de bureau : simple montage avec un vérin pneumatique simple effet et une pédale comme distributeur.

JAJALV – ADMINISTRATEUR

Bonsoir,
J'ai fait les calculs, la machine est trouvée. Maintenant, il faut résoudre :
– le financement,
– l'hébergement de la machine,
– l'approvisionnement en matière première,
– le stockage de la matière première,
– l'alimentation en matière première de la machine,
– le stockage du produit fini,

– l’écoulement (vente) du produit fini, car vous en aurez trop (je pense),
– le personnel nécessaire à la machine.

En simple épaisseur (une seule bande de papier), la machine produit 7200 kg de confettis par jour (jusqu’à 8400 kg en vitesse maximale). Comme elle est capable de découper 16 bandes en un seul passage, ça fait une production de : 115200 kg par jour (115 tonnes !).

Il va y avoir un défilé de camions avant les défilés des corsos ou carnavals ! Ahurissant !

Cette démonstration peut paraître farfelue, et pourtant, c’est la réalité. La machine existe.

La brisure a eu lieu à Marseille, j'avais quinze ans. J'étais parti là-bas pour faire un baccalauréat d'arts appliqués; il venait d'être créé l'année précédente – bac F12. J'ai débarqué à la gare Saint-Charles avec ma mère, elle avait tenu à m'accompagner. Nous avions pris le Cévenol. Après six heures et demie de train, nous avons découvert Marseille sous un ciel noir d'orage. Nous étions dans les premiers jours de septembre, en 1983. Nous avons pris un taxi, abrutis par le voyage, alors que l'hôtel n'était qu'à quelques pas; nous ne le savions pas; le chauffeur en a profité pour faire durer la course un maximum. Quant à la chambre d'hôtel où nous avons déposé nos affaires, elle était miteuse, nous avons tôt fait de repérer les cafards dans la salle d'eau. Avant d'aller au restaurant sur le Vieux-Port, ma mère m'a obligé à prendre deux comprimés d'Euphytose, tellement j'étais noué. Là aussi, on s'est bien sûr fait avoir; l'addition était salée pour la pitance qu'on avait mangée sans faim. J'imagine qu'on n'a pas trop bien dormi non plus.

Le lendemain, je découvrais le lycée Diderot, mais comme ils n'avaient plus de place dans leurs chambres d'internat, j'ai été orienté vers un autre lycée, où un lit m'avait été attribué dans un immense dortoir gris béton : odeur forte de mâles, comme à l'armée, avec douches collectives, et la réputation d'un bizutage carabiné, avec manche à balai dans le cul. De quoi doubler la dose quotidienne d'Euphytose pour calmer l'anxiété du gamin qui quittait pour la première fois sa sous-préfecture de quinze mille habitants, Issoire, ses sœurs, ses copains, sa famille, et qui trimballait aussi en loucedé ses peurs liées à son homosexualité naissante. Heureusement, je n'y suis resté qu'une ou deux nuits, une place s'étant libérée dans l'internat du lycée Diderot, où je me suis retrouvé dans une chambre de quatre, avec des gars de la même classe que moi. Nous occupions alors trois chambres de l'internat, les « zarzas ». Les autres pensionnaires faisaient tous des bacs techniques et ne frayaient pas avec nous. Ils devaient nous regarder comme des zazous, et considérer certains d'entre nous comme des tapettes, des gars trop sensibles pour être honnêtes.

Les premières semaines, j'avais tout le temps mal au ventre, et je me demande bien comment je me suis débrouillé pour sauver la face devant les copains, tout m'étant étranger. Je me souviens des gars qui s'aspergeaient abondamment de déodorant le matin, du mistral qui faisait trembler les huisseries des fenêtres certains soirs, des conversations dans le noir, des érections intempestives qu'il fallait camoufler, des branlettes discrètes sous les draps ou le plus souvent sous la douche, afin d'évacuer le stress de la journée et d'accélérer la venue du sommeil. Je n'en menais pas large, le temps de me faire accepter par la microcommunauté que nous formions, de tisser des liens avec quelques-uns, de découvrir les profs. Je me souviens encore des noms de certains : Monsieur Le Chénier ; Monsieur Fréneaux, notre prof de culture générale. Ce dernier avait eu un accident de moto, il boitait légèrement ; c'est lui qui, une fin d'après-midi, nous avait projeté des diapos, en alternant des dessins à l'encre des Alpilles par le peintre Mario Prassinos, avec d'autres, faits de taches, d'Henri Michaux, que je voyais pour la première fois ; ces encres que j'ai appelées plus tard ses « champs de bataille » et auxquelles je suis revenu maintes fois pour vérifier le choc esthétique qu'elles avaient représenté.

De retour à Clermont-Ferrand, l'année suivante, j'ai découvert ses écrits. Coup de gong ! Mais avant, il y avait eu ces quelques mois passés au lycée Denis-Diderot dans le nord de Marseille, la pratique du dessin à laquelle je m'étais tenu, découvrant autant mes impossibilités que les façons de les contourner. J'étais mauvais en étude documentaire, mais je savais manœuvrer dès que l'on m'octroyait un peu plus de liberté dans les sujets donnés. Je me souviens d'un dessin au fusain que je me suis arraché un matin : la métamorphose de l'ail, le geste de la main se déliant peu à peu, j'ai réussi à rendre les transparences des pelliculages de l'ail ; l'état de fatigue et d'exaltation qui a suivi cette séance. Cette énergie recouvrée par le dessin, je l'ai perdue définitivement et j'en nourris une nostalgie. Depuis, j'attends de l'écriture qu'elle me rende cette même envie d'en découdre, parce qu'au fond de moi, je ne sais pourquoi, ça gronde – une colère froide qui, si je ne la transforme pas, se retourne contre moi ; un désarroi qui, croissant, me rappelle celui de mes quinze ans.

Le week-end, l'internat fermait, je devais le quitter le samedi matin, je passais toute la journée dehors à marcher dans les rues de Marseille avec mon sac à dos, afin de me rendre le plus tard possible dans la famille correspondante qui m'accueillait à Aix-en-Provence : mère divorcée, pas fute-fute, fils facho scout d'Europe, en treillis tout le week-end, avec grenades et drapeau américain au-dessus de son lit, et une fille ado en t-shirt Bugs Bunny, jambes nues, pendue au téléphone toute la journée. Ils me faisaient bouffer de la purée mousseline et des saucisses orange, je ne leur coûtais pas trop cher. On n'avait rien à se dire. Je me réfugiais dans le salon, regardais la télé jusqu'à une heure du mat', pour me lever le plus tard possible le dimanche et écourter ainsi le temps de cohabitation. Je dormais dans l'ancienne chambre du couple, avec dessus-de-lit en poils synthétiques et gravure sur alu d'un paysage exotique au-dessus de ma tête. Impossible de travailler chez eux. Dans mon dos, ils fouillaient dans mes affaires – dans la boîte de pêche qui me servait à ranger mes crayons, mes fusains, et autres outils pour dessiner. En fin d'après-midi, je reprenais le train pour Marseille. Nous n'étions pas nombreux à revenir à l'internat le dimanche soir. Les surveillants étaient plus sympas avec nous, le cafard était souvent là, ça devait se voir sur ma gueule.

Le lundi matin, j'étais content de retrouver les copains. J'avais sympathisé avec deux filles, elles m'avaient pris en affection et me protégeaient comme des grandes sœurs. À l'internat, j'aimais bien aussi les gars de la chambre voisine, qui étaient en première d'arts appliqués : ils avaient essuyé les plâtres, me semblaient tellement plus matures que nous. Avec eux, on pouvait avoir de vraies discussions, ils nous épaulaient parfois dans nos travaux. Je me souviens du grand

Bernard Moïse, il est devenu un designer renommé, je ne l'ai jamais revu depuis. En revanche, j'ai eu l'occasion de revoir Sylvain, des années plus tard, lors du salon Jeune Création à Paris ; il était d'origine italienne, et ado, je le trouvais très beau. Dans le parc du lycée, certains soirs, j'allais marcher seul en écoutant The Cure, *Pornography* ; je m'étais attaché à la tonalité mélancolique de la voix de Robert Smith, comprenant à demi les paroles de ses chansons. Je m'étais bricolé une apparence new wave, avec des fringues achetées chez les fripiers : long imper mastic, fuseau de ski à carreaux écossais années 1950, pull chiné tricoté par ma mère, rangers que je ne quittais jamais ; mes chaussettes devenaient raides à force d'être portées plusieurs jours d'affilée. Dans la classe, avec un copain en vis-à-vis, on tendait nos jambes dans l'allée entre les rangées de tables, afin d'éloigner nos pieds confits dans nos grolles.

Heureusement que, gamin, j'avais fait quelques colos, ça m'avait un peu déniaisé, ça m'avait surtout appris à vivre en collectivité et à me faire apprécier malgré mes difficultés. À l'internat, des liens fraternels se sont tissés, on s'inventait des rituels, on était curieux de ce que fabriquait l'autre dans son coin. Un soir, ce devait être en février, on avait décidé de se faire des crêpes, j'étais celui qui devait ramener une bouteille de rhum Negrita, sauf qu'en chemin je me la suis sifflée. De retour à l'internat, ivre, j'étais debout sur le lit, à faire des bonds, des sauts de cabri, je leur tenais de grands discours, je délirais, j'avais des hallucinations. Avant le passage du surveillant, ils ont fini par me mettre la tête sous le robinet d'eau froide, pour me dessaouler un peu, mais rien n'y faisait, j'étais furibond, et ça me faisait un bien fou de sortir enfin de mes gonds. Le lendemain, j'ai passé la journée à l'infirmerie, avec un mal de crâne carabiné, et les copains rigolaient encore des histoires que je leur avais déversées la veille ; il y en avait même un parmi eux qui avait pris des notes dans son carnet pour pouvoir m'en restituer quelques-unes. Finalement, cet épisode nous avait rapprochés.

Un mercredi après-midi, on s'était déguisés avec des guenilles, on s'était grimé le visage avec de la gouache, et on avait dévalé la Canebière jusqu'au Vieux-Port, en beuglant je ne sais quoi, ce devait être aux alentours de Mardi gras. C'est sans doute le seul carnaval auquel j'aie participé dans ma vie, je crois n'avoir pas eu d'autres occasions d'éprouver ce que l'on ressent lors d'une cavalcade en grand ou petit format, pris par la liesse, la frénésie du groupe, lorsqu'on éprouve la joie de n'être plus soi.

Assez vite, les Marseillais m'ont appelé « le fêlé » et ça m'allait, je l'ai bien pris, et encore aujourd'hui, je me vis comme un fêlé – un petit gars fêlé. Mais comme le disait Robert Filliou à son ami Emmett Williams qui lui exprimait sa crainte de devenir fou, *ceux qui sont à plaindre ne sont pas les gens comme toi et moi, non, ce sont ceux qui découvrent tout à coup qu'ils sont fous sans le savoir. Toi, tu sais que tu es fou et tu peux vivre avec. Mais malheur à celui qui disjoncte. On ne disjoncterait jamais si on savait qu'on a déjà disjoncté.*

Au retour des vacances de Noël, sans mot dire, j'ai décidé de ne pas retourner dans la famille d'accueil à Aix, je me suis payé une chambre d'hôtel avec les étrennes. C'est lors de ce premier week-end de janvier que j'ai repéré dans le parc de la ville le trafic des messieurs près des toilettes, et le soir, la première fois que je me suis fait accoster par un mec.

N'assumant pas mon homosexualité, je me suis dérobé à ses avances. Je vous l'ai déjà raconté, je sais. Tout ça me travaillait, mais je n'étais pas prêt à sauter le pas.

Au lycée, je commençais à comprendre ma différence, j'expérimentais des trucs en réponse aux sujets que les profs nous donnaient. Je me souviens d'une maquette que j'avais réalisée frénétiquement dans la salle de bains avec quelques planches, des chutes de tissu, des fils de laine, des tiges de métal, de la pâte à bois : la silhouette d'une femme assise dans l'angle d'une pièce ; faisant corps avec la chaise, elle devenait sculpture, évoquait les dessins de figures assises dans le métro d'Henry Moore. Une autre fois, j'avais trempé des serpillières dans du plâtre, imaginant des paysages miniatures. Je sentais poindre en moi l'envie de m'engager plus avant dans la voie artistique, avec la peur de me consumer très vite si je m'y jetais à corps perdu.

Au printemps, j'ai écrit à mon père sur des feuilles déchirées d'un cahier ; je n'ai aucune idée du contenu de cette lettre, si ce n'est la tentative de partager avec lui ce que je vivais alors. À la lecture de celle-ci, mon père a paniqué, il a trouvé son fils déséquilibré, en danger, je ne sais quoi, et le fait est qu'il a débarqué le lendemain dans la classe, il est venu me chercher à Marseille. Les profs lui ont dit : *Votre fils est un chic type. Il est plus fait pour les beaux-arts que pour les arts appliqués. Quand on lui demande de dessiner une chaise, il dessine une cathédrale.* Il n'empêche, j'ai fini par le suivre tête baissée dans sa bagnole et nous sommes remontés ensemble à Clermont. Je n'ai aucun souvenir de ce trajet, des mots que nous avons pu échanger. Sonné, je chialais tout le temps, comme pour retrouver mon souffle. J'avais lâché ce à quoi je tenais le plus. Je ne retournerais plus jamais à Marseille. Mes affaires sont restées là-bas, dans l'armoire à l'internat ; les cartons à dessin sous mon lit, je ne les ai jamais récupérés. Je n'ai jamais plus touché à un crayon pendant cinq ans. Je n'ai jamais retrouvé les facilités en dessin que j'avais à quinze ans. Les mois qui ont suivi mon départ précipité de Marseille, je n'arrivais plus à écrire à la main : toutes les lettres détachées les unes des autres ; je n'arrivais plus à former des mots, des phrases – quelque chose en moi s'était cassé.

Le chemin pour retrouver une vigueur artistique a été très long pour moi. Mon père m'a inscrit dans un lycée privé à Clermont, j'ai redoublé ma seconde, j'ai vécu chez lui et sa deuxième femme avec les deux jeunes enfants qu'elle avait eus de son premier mari. Des années sombres, je les ai occultées. C'est à ce moment-là que les livres sont apparus dans ma vie : en réussissant à me concentrer sur la lecture, j'ai pu reconquérir une parcelle de terrain. Et le premier d'entre eux, c'est celui d'Henri Michaux trouvé sur l'étal d'un bouquiniste dans le vieux Clermont : *Émergences-Résurgences*, aux Éditions Skira, dans la collection « Les sentiers de la création », un livre que j'ai encore sur ma table de travail aujourd'hui, comme un talisman. Dans les moments de crise, je le relis. Aujourd'hui, je ferais bien de le relire. La première page : *Né, élevé, instruit dans un milieu et une culture uniquement du « verbal » – et avant l'époque de l'invasion des images –, je peins pour me déconditionner*. En vis-à-vis de celle-ci, un dessin à l'encre qui m'a tout de suite saisi et dont Michaux décrit la venue à la page suivante : *Une ligne plutôt que des lignes. Ainsi je commence, me laissant mener par une, une seule, que sans relâcher le crayon de dessus le papier je laisse courir, jusqu'à ce qu'à force d'errer sans se fixer dans cet espace réduit, il y ait obligatoirement arrêt. Un emmêlement, ce qu'on voit alors, un dessin comme désireux de rentrer en lui-même.*

Le dessin, l'écriture, les deux me regardent, de près, de loin ; les deux pratiques sont intriquées, dès les années d'apprentissage. C'est dans l'après-coup de la coupure de Marseille que je me suis tourné vers l'écriture, pour reprendre contact avec la région noire et noueuse que j'avais entrevue en tenant un fusain dans la main.

N'étant pas un gamin précoce, j'ai pris mon temps pour parler, les mots se bousculaient au portillon, je devais prendre un crayon et dessiner pour me faire comprendre des adultes, leur raconter ma journée à l'école par exemple. Après Marseille, ne dessinant plus, il m'a fallu réapprendre à lire, réapprendre à écrire, et peu à peu substituer l'écriture au dessin, retrouver par ce biais de quoi me réchauffer, *construire un feu*, piquer les parois de mon abri, reprendre le récit là où il s'était interrompu.

C'est une belle semaine d'anniversaire, j'ai fait une bolognaise à mes parents et à mon petit frère dimanche… et puis beaucoup d'escalade cette semaine ! J'ai dû sacrifier une éponge et un flacon d'acide pour redonner tout leur éclat aux waters mais quel résultat ! c'était surprenant. Ça m'a pris comme ça d'un coup. J'ai commencé par l'évier de la cuisine. Chaque recoin détaillé. J'ai démonté la grille du trop-plein, j'ai récuré ça avec ma brosse à dents. Quelle satisfaction ! Les miroirs, pareil. Celui de la salle de bains est compliqué ! Il a gardé des traces. Devant les miroirs de salle de bains, je ne peux pas m'empêcher de penser à ce passage de La Nausée. *Et puis aujourd'hui PAF ! l'arcade sur un poteau ! Ça ne devrait pas nécessiter de points mais ça fait drôle quand même. C'est marrant : porter soin rend le lieu intime. Mais c'est surtout soi qu'on panse… J'ai bien connu ça quand j'étais dans le Faubourg. Panser le lieu. Ça nous y rattache et l'endroit nous le rend bien. Le vecteur de tout ? L'éponge. Vecteur ou catharsis.*

En découvrant le message de Thibault l'autre soir, je me suis dit que je ne m'étais pas trompé de personne, c'est bien à lui que je devais remettre les clefs de mon appartement.

Déjà, en l'observant travailler au café-restaurant de la rue du Faubourg-Saint-Denis où je l'ai rencontré, j'avais détecté les qualités d'un *homme d'intérieur*, mais là, dans la frénésie ménagère qu'il me décrit, et les réflexions qu'elle lui inspire, je reconnais un frère d'âme, et une fantaisie qui me réjouit. Thibault a du tact, c'est peut-être la qualité que j'apprécie le plus chez quelqu'un. Quand il me servait un café double au comptoir, il avait toujours des attentions à mon égard. Avec Gregory, je trouvais qu'ils formaient une chouette équipe, j'étais toujours heureux de les retrouver le samedi matin ; les quelques mots que nous échangions me suffisaient pour tenir bon toute la journée.

Si j'étais admis à la Villa Médicis, je m'étais engagé à lui confier mon appartement. Il semblait n'y croire qu'à demi, mais je savais que je tiendrais parole. J'avais confiance en lui. Lorsque j'étais conseiller funéraire, j'ai pris la mesure de l'effet que ça me faisait, la confiance d'une famille, lorsqu'elle me « confiait » les obsèques d'un proche. De même, en acceptant d'accueillir un gars comme moi à la Villa, le jury me fait confiance pour convertir ce temps en autre chose qu'un monticule de confettis. Je m'aperçois que cette question – la confiance en soi comme celle que l'on accorde à l'autre ou celle qui nous est accordée – est au cœur de ce récit. Ces deux mots – « confetti » et « confiance » – sont voisins dans le dictionnaire, mais ce n'est pas une raison suffisante pour les associer immédiatement.

Un bon point de départ serait de modifier son propre passé, écrivait Pavese dans son journal. Je voudrais le suivre dans ce pari fou, celui de pouvoir agir sur mon propre passé, en en faisant le récit – un récit autre que celui, éculé, auquel je continue d'adhérer, ne sachant plus très bien ce que je fabrique à l'intérieur de mon terrier. Conservant l'espoir que ce que je lis intensément me modifie, je voudrais croire que ce que j'écris change le regard sur les êtres et les choses dont je suis le dépositaire.

Croire en quelque chose d'indestructible en soi, se répétait Kafka dans son journal, il le dit mieux que ça : *Croire signifie : libérer l'indestructible en soi, ou plus exactement : se libérer, ou plus exactement : être indestructible, ou plus exactement être.* Quelques jours plus tard, le 7 décembre 1917, il précise sa pensée : *L'homme ne peut pas vivre sans une confiance constante en quelque chose d'indestructible en lui, ce qui n'empêche pas qu'indestructible et confiance peuvent lui rester constamment cachés. L'une des possibilités d'expression de cette existence cachée est la croyance en un dieu personnel.*

À chacun reviendrait la tâche de se forger une telle croyance en un dieu soleil avec lequel pouvoir converser dans ses moments de crise, même si l'on doute parfois de ce *quelque chose d'indestructible* au fond de soi et de la puissance de sa lumière. Les occasions d'éprouver les limites de notre propre foi ne manquent pas, on laisse prise aux monstres, on broie du noir, on pense au pire ; la tentation est grande de laisser sa place à plus fort que soi, et d'envoyer tout valdinguer, et de renverser table, et de se briser en mille morceaux.

Ce qui nous retient de le faire ? Un *dieu personnel* ? N'est-ce pas plutôt celle ou celui que nous désignons comme notre ami.e qui nous éloigne du pire, attise notre désir, nous rappelant ce *quelque chose d'indestructible* au fond de soi ? Nous ne sommes pas obligés de le nommer pour le reconnaître. Dès que nous reprenons contact avec ce noyau utopique à partir duquel percevoir les êtres et les choses en leur place, cela procure de la joie ; nous pouvons nous fier alors au regain d'énergie qui se manifeste aussitôt. Dans l'élan, je me permets de recopier un autre message de Thibault, qu'il m'a envoyé en pleine nuit, à quatre heures du mat', le mois dernier :

François
Je n'ai rien eu à dire pendant des mois
Je suis resté là à l'abri
Réfugié
J'essaie de m'y mettre
Pour tout te dire
Ta présence reste prégnante
Le plan de travail t'est resté dédié
Juste la table de salle à manger m'est accessible
Je vais tout renverser
Faire un grand dîner tout réaménager
Le bureau fera office de banquet
Tel un dernier dîner
En diagonale
J'ai vraiment raté ma rentrée
Tout le jour je me sens dérangé
J'accompagne la voisine à son réveil
Telle une interruption elle fait immersion
Parfois toi-même tu reviens comme si je ne me sentais pas légitime en ce lieu et c'est vrai que je n'ai pas tenu ma part de l'accord
J'étais à côté
Je veux m'y remettre
Jeudi j'ai eu un entretien

La ligne conductrice
C'était l'allemand
Une banque
C'est un autre monde très éloigné de celui où l'on s'est rencontrés
Le Faubourg me manque
Ce qu'il me manquait pour t'écrire c'était le rythme
Un souffle que je n'avais plus
J'essaie de le retrouver
Je veux que tu saches que même si je ne me rends pas disponible je suis là
Tout ça est très décousu et je veux le changer mais là vraiment je n'y étais pas
Lance-moi des perches
Je ne sais pas où je serais si je ne m'étais pas abrité là
Comment est-ce qu'on peut communiquer ?
Appelle-moi raconte-moi je veux pouvoir te rendre ce que tu m'as donné
Car c'est marrant je t'écris depuis chez un ami
Qui va grimper avec moi c'était une lifeline
En cette rentrée il n'y avait plus de boulot
Puisque j'avais arrêté et je ne trouvais pas le rythme sur lequel t'adresser
J'ai fait quelques dîners
Ma famille
Mes frères sa femme c'était très bon
Ils étaient tellement intrigués par notre histoire
Par le lieu
Il y avait quelque chose qu'on ne comprenait pas
Ce lien. Qui s'était créé. Double au comptoir
Servi tout entier
Avec toute ma sincérité
Ne me reproche pas mon silence

La rentrée m'est complètement passée à côté
Je m'y remets
Et bientôt à Rome je te verrai

Oui, c'est bizarre, ces trois derniers mois, je n'ai accueilli personne dans mon pavillon, pensant que j'allais devoir me rendre à Clermont-Ferrand d'un jour à l'autre, au chevet de mon père mourant. Thibault sera peut-être mon premier invité. Qui sait ?

Le Carnaval-à-la-Villa n'aura pas lieu, et c'est dommage, et c'est tant mieux. Nous n'avons pas été foutus de nous entendre entre pensionnaires pour décider de la forme qu'il aurait pu prendre, et surtout, si je me fie aux réserves émises par quelques-unes, après l'opération Nuit Blanche où chacune semblait pourtant avoir retrouvé ses billes, elles craignaient d'être instrumentalisées. Tandis que l'une avait *l'impression que l'événementiel dans un cadre institutionnel comme la Villa risquerait juste d'être maxi relou et stressant*, sa consœur en a remis une couche, en se demandant quel était *l'intérêt de porter ce projet « au nom du groupe », si ce n'était pas la réalité des choses*. Ou comment, en quelques répliques, faire de cette fête un enterrement de première classe qui se retourne contre ceux qui ont eu l'idée de l'organiser sans trop bien savoir où ils mettaient les pieds. Pour clore l'affaire, ce poème de Roberto Juarroz :

Le chemin était une fête,
une inauguration à chaque pas.

Mais tous se méfient d'une fête,
jusqu'à celui qui l'organise ou la célèbre.

Et comme on ne pouvait effacer le chemin,
on effaça la fête.

On a fait sans le savoir le premier pas
pour effacer aussi le chemin.

Effacer le chemin, effacer ses traces. Décidément, je ne sors pas de ce va-et-vient entre le désir d'inciser et celui de lever le stylet de l'ardoise magique toujours à portée de main. Le geste même de faire disparaître en produit aussitôt un autre qui, à son tour, laisse une trace. S'il n'y a pas de création sans destruction, il n'y a pas non plus de destruction sans la production d'autre chose – le ferment de quelque chose de non encore connu, la braise sous la cendre.

Je rejoins le fantasme d'un *jour zéro* que je trimballe depuis l'âge où commencent à se former désir et dégoût. Le cube blanc de la galerie d'art contemporain correspondrait alors à cet espace immaculé, parfait, sans aspérités, où déposer ses propres traces, devenues aussitôt indicielles dans ce bel écrin suréclairé, toutes ses surfaces étant rendues actives : une qualité de vide que l'on rechercherait par la suite dans tout ce que l'on fait, comme la condition nécessaire pour rendre visible-lisible ce qui nous saisit. Et moins l'on montre, et plus l'on montre. Comme s'il fallait réduire son propos à une seule chose, à un petit point, en se retenant de trop en dire. *Confetti, c'est simple.*

Si l'écriture s'apparente à un travail de déblaiement, alors le livre correspondrait à la cavité dégagée de son propre sous-sol, ou bien au monticule de déblais réagencé quelques pas plus loin, à la surface. Comme s'il suffisait d'écarter les choses de soi pour pouvoir les dire. La joie éclair d'un jet de confettis mettrait au jour ce pouvoir de représenter par l'absence. *Les trous passent vite*, m'a écrit Camille dans son dernier message. Elle semble plus près de mon sujet que je ne le suis moi-même ; elle l'éprouve physiquement en aidant son vieil ami à classer ses papiers administratifs une ou deux fois l'an, les perforant avant de les redistribuer dans différents classeurs. Je ne sais pas si, dans mon entreprise solitaire de scripteur-trieur, je cherche à me distraire d'une certaine pesanteur, ou bien à *vivre avec un sérieux perforé* ; dans ce cas, *l'événement est l'une des petites perforations dans la marge gauche de mes feuillets ; perforations qui me permettront, un jour, de détacher ceux-ci sans dommage afin de les livrer intacts au vent : mon ultime don.*

Dans dix jours, je serai à Clermont, j'appréhende ce séjour. Mon père tient bon, même s'il a le sentiment de descendre les marches tout doucement, c'est l'image qui lui vient. *Je te garde pour la fin*, m'a-t-il glissé. Trait d'esprit qui témoigne autant de sa confiance dans la vie que de sa volonté de donner le change. J'aurai donc la joie de le retrouver à Noël. Ma mère est tout aussi impatiente de me revoir. Au moment de clore l'une de nos dernières conversations téléphoniques, de sa voix enrouée, elle m'a dit : *Tu me manques, je t'aime fort.* Ce n'est pas son habitude d'exprimer ainsi ses sentiments.

Paris, le 7 décembre 2022

Cher François,

Je suis heureuse d'avoir de tes nouvelles. De loin, il me semblait que tu vivais une période euphorique et très active. C'est la raison pour laquelle je ne me suis pas manifestée, raison à laquelle s'ajoutent une série d'emmerdes et le déménagement. Mon temps y est entièrement consacré, presque. Il faut faire le tri entre ce qui reste et ce qui disparaît, entre ce qui a de la valeur et ce qui n'en a pas, entre l'archive et le déchet. Cela me conduit à des réflexions sur le déchet, sur l'archive, qui justement ralentissent mon tri, vu que je réfléchis devant chaque objet avant soit de le hisser au paradis des choses ou, à l'inverse, de le pousser dans le néant du sac-poubelle. Comme tu peux l'imaginer, ce casse-tête est en train de prendre la forme d'un texte. Autrement, j'écris des fictions ces dernières semaines, pour me détendre. Vivre une vie qui n'est pas la sienne en écrivant des histoires avec des dialogues est une façon de se divertir, ce qui me permet de traverser cette période de tri intensif, météo lugubre, désordre, froid, disputes, etc.

Depuis que je suis accaparée par ces opérations de discrimination et classement, je n'arrive plus à lire. Du moins, je commence et au bout de deux pages, je sursaute et je me précipite vers ce que j'allais oublier de faire. C'est vraiment une drôle d'expérience. Comme une épreuve de santé, je dirais. Quand tu n'as pas le choix, quand tu dois te soumettre à un protocole, quand la priorité change. C'est un tunnel et bientôt, je serai de nouveau en plein jour. Nous déménageons à Montreuil dans une maison le 27 décembre.

Je vais venir à Rome avant la fin février, car on m'a proposé d'écrire un texte pour l'exposition sur les pierres qui aura lieu à la Villa Médicis et il me sera nécessaire de revenir en présence de ces surfaces et statues de la Villa. Je te dirai quand je viens, et l'on pourra passer du temps ensemble. J'ai regardé les images et la vidéo de ta performance Artista al lavoro, *ça m'a semblé super.*

Je t'embrasse bien,

Gaëlle

Lire Gaëlle m'a fait du bien. Je comprends l'*épreuve de santé* par laquelle elle est en train de passer. Finalement, les questions que soulève ce tri draconien *entre ce qui a de la valeur et ce qui n'en a pas, entre l'archive et le déchet* ne sont pas si éloignées de celles que je voulais mettre en œuvre dans le geste de transformer une partie de mes archives en confettis. Mais Gaëlle, acculée, elle s'y colle, tandis que moi, je ne me sépare pas vraiment de tout ce fatras, je ne fais que picorer, mes emporte-pièces commencent à rouiller. En écho aux réflexions dont elle me fait part, il y a ce texte fameux de Walter Benjamin – « Le caractère destructeur » – auquel je me réfère souvent depuis les Beaux-Arts :

> Le caractère destructeur ne connaît qu'un seul mot d'ordre : faire de la place ; qu'une seule activité : déblayer. Son besoin

d'air frais et d'espace libre est plus fort que toute haine. Le caractère destructeur est jeune et enjoué. Détruire en effet nous rajeunit, parce que nous effaçons par là les traces de notre âge, et nous réjouit, parce que déblayer signifie pour le destructeur résoudre parfaitement son propre état, voire en extraire la racine carrée.

Cette façon de résoudre sa propre équation, je l'ai expérimentée l'été dernier, lors des semaines qui ont précédé mon départ à Rome, en choisissant les documents anciens que j'emporterai avec moi. Dans l'élan, je me suis également attaqué à la penderie, pièce aveugle à laquelle je n'osais toucher jusque-là, n'arrivant pas à me séparer des costumes, chemises, et autres vêtements sombres que je portais lors de mes années pompes funèbres. Comme si je prévoyais d'y retourner un jour ou l'autre. À défaut d'un amant, un fantôme dans le placard. Pareil avec les livres, pas foutu de me délester des quelques-uns que je ne lirai jamais. L'énergie que réclame le tri de ses affaires est très particulière. De même, la fatigue et la satisfaction qui suivent une journée entière consacrée à cette tâche mettent dans un état psychique ambivalent. Je ne peux pas ne pas penser à ma propre mort, à ce monticule d'affaires que je laisserai derrière moi, ne sachant qui se chargera de les évacuer le moment venu, à qui incombera le sale boulot.

Vivant au même endroit depuis bientôt trente ans, je m'entends dire souvent que mon appartement a pris un sérieux coup de vieux, malgré le grand remaniement accompli lors de l'entrée de Joris dans ma vie. C'est lui qui m'avait dit, dès le premier soir, assis à ma table, balayant du regard la pièce sur rue : *Fais le vide, écris, écris, écris.*

Dès le lendemain, je m'exécutais, évacuais les vierges et saints en carton qui trônaient aux quatre coins de la pièce et dont la présence silencieuse lui déplaisait tant. Pour lui plaire, je ne savais pas quoi faire, déployant une énergie de dingue pour qu'il se sente chez lui chez moi. Le vide fait, j'ai repeint les murs en gris, acheté un nouveau lit, réagencé complètement mon intérieur. J'ai même acheté une balance pour peser le sucre, des pots en verre, de quoi lui faire des confitures, tellement j'étais amoureux et con.

Il m'a quitté il y a plus de dix ans. Le seul grand changement depuis, dans mon abri, c'est d'avoir placé ces deux portes sur tréteaux en guise de table en plein milieu de la pièce, tel un radeau, convaincu que je ne m'en sortirais que par le travail. Aucun endroit pour se vautrer chez moi, comme me l'avait fait remarquer un gars ramené du bordel une nuit : *C'est sympa chez toi, mais ce sera mieux quand ce sera meublé*, constatant qu'il n'y avait ni canapé, ni télé – que des angles où se cogner.

Autant Joris avait voulu m'adoucir, arrondir les angles, autant, après son départ, j'ai vécu dans une maison froide et nue ; seuls la présence des livres et le foutoir sur la table pouvaient donner l'impression qu'il ne s'y passait pas rien. Depuis, je n'ai guère cherché à faire de la place pour quelqu'un d'autre ; l'espoir d'accueillir quiconque dans ma vie s'est évanoui. Le temps des confitures est révolu.

En juillet dernier, le lendemain de notre première rencontre, Gaëlle m'a écrit un SMS : *Ton existence m'est une source de joie*. Ça m'a ému aux larmes ; en quelques mots, elle exprimait ce que je ressentais à son égard. En plus de m'éloigner du pire, elle me redonne des forces, me laissant entrevoir sa façon bien à elle de percevoir les êtres et les choses – comment elle les relie, comment elle les dessine.

J'ai besoin des autres, c'est la leçon des années pompes funèbres. Le plus souvent, les personnes que je recevais à l'agence m'obligeaient à me redresser sur mon siège. Lors du trajet accompli à leurs côtés, je ne faisais pas seulement preuve d'empathie, j'avais aussi le sentiment d'être un rouage dans le grand tout. C'est ce contact quotidien avec des êtres que je ne connaissais pas qui m'a tant manqué après mon départ de L'Autre Rive. Livré à moi-même, je me sentais nul et nu. Relié à quelques-uns, tout reprenait sens.

Quand j'étais petit, certains soirs, j'entrais tête la première dans mon lit. Tout au fond, je me blottissais, m'imaginant dans un abri sous terre. En guise de prière, je me répétais : *Je veux mourir, je veux mourir, je veux mourir...* jusqu'à m'endormir. Avec le secret espoir d'effacer tout ce que j'avais bien pu fabriquer jusque-là. À mes yeux, ça ne tenait pas, c'était mauvais.

Emménager dans un lieu vide, c'est effacer les traces des habitants précédents, prendre leur place, redistribuer ses affaires dans ce nouvel habitacle, remettre le compteur à zéro. En cela, cette opération nous rajeunit. On réduit le passé, pour accueillir le présent et tout ce qui nous attend. On n'a plus le sentiment d'être encastré dans son appartement. Voulant jouir le plus longtemps possible de cette qualité de vide, on n'est pas pressé de déballer ses cartons.

Dans mon pavillon, je ne peux m'empêcher d'y laisser des traces, malgré mes efforts ménagers réitérés chaque matin pour les effacer. J'ai beau aspirer à un mode de vie austère, je suis quand même un petit-bourgeois qui sécrète sa coquille et apprécie son confort. Le travail d'écriture supposant de passer beaucoup de temps chez soi, immobile à sa table, j'ai besoin de me lever et de me divertir dans de menues activités : je change mes draps, lance une machine, étends ma lessive, balaie devant ma porte, sors mes poubelles, passe l'aspirateur, nettoie placards et plaques électriques, pèle deux trois pommes de terre, les plonge dans l'eau froide, fais un brin de vaisselle, fais la poussière… Fais, défèque, refais. Écrire est une tâche domestique parmi d'autres. *Mais il y aura toujours des gens qui ne font pas le ménage pour se croire supérieurs à ceux qui font le ménage.*

Elle m'a caressé le bras comme elle caresserait son chat, je ne sais pas si j'ai aimé ça. Je ne sais pas non plus ce que je fous là. Quelque chose s'est brisé, je ne tiens plus debout, je perds la tête. L'état de mon cerveau m'inquiète. L'autre jour, je n'ai pas su composer le code confidentiel de ma carte Visa, et depuis, il ne m'est pas revenu. Ayant de plus en plus de difficultés à me concentrer sur ce que je suis en train de lire, tous les prétextes sont bons pour m'éloigner de la table de travail. Même perforer me semble hors de portée. Lorsque je me rends dans un musée, une fatigue soudaine s'empare de moi dès les premiers pas à l'intérieur, les yeux me piquent. Devant un tableau, j'ai beau le regarder longuement, il ne se passe rien en moi, c'est un électroencéphalogramme plat. En guise de consolation, je le prends en photo, en le faisant entrer tant bien que mal dans le rectangle de mon smartphone, afin de m'assurer que j'étais bel et bien là – à cet instant.

Mardi dernier, dans l'exposition *Il corpo poetico*, je me suis surpris à être assez vite agacé par la pléthore de portraits de Pasolini. C'est à se demander si, dans le moindre de ses déplacements, il était accompagné par un photographe qui documentait sa vie, exécutant sur-le-champ ses instructions. Était-il à ce point obnubilé par sa propre image, conscient de sa destinée ? Rétrospectivement, il donne le sentiment d'avoir tenu à tout maîtriser, corrigeant sans cesse sa biographie, soucieux du moindre détail, attentif au contexte dans lequel il prenait la pose : ici, à Piramide, adossé à un arbre, le regard sombre ; là, gravissant le Monte dei Cocci à Testaccio, avec une croix au loin ; ou encore, absorbé dans ses pensées, à la terrasse d'un café, piazza del Popolo. Comme si chacun de ces clichés témoignait de son intense activité cérébrale, de sa place dans la cité, de son engagement politique, construisant ainsi sa légende de son vivant.

À l'occasion du centenaire de sa naissance, trois expositions lui sont actuellement consacrées à Rome sous le titre « Pier Paolo Pasolini. TUTTO È SANTO ». Dans celles que j'ai pu visiter, on a en effet l'impression d'assister aux différentes stations de la vie d'un saint, sismographe de son époque, pour qui vie et œuvre sont intrinsèquement liées. Pour accomplir la tâche immense qu'il s'était donnée, Pasolini s'est consumé tout entier, sûr de ses moyens, son cerveau fonctionnant à plein régime, sa vigueur ne faiblissant pas devant l'adversité. Incarnant la figure du poète autant que celle d'un intellectuel engagé dans le débat public de son temps, il se savait lui-même menacé, ce qui ne l'empêchait pas de prendre toujours plus de risques et d'agir sur tous les plans. Ainsi laisse-t-il une œuvre considérable dont on n'a pas fini de mesurer la portée. Il s'est fait *voyant*, *voleur de feu*, jusqu'à pressentir les circonstances de sa propre mort dans l'un de ses poèmes : son corps martyrisé, dans la nuit du 1er au 2 novembre 1975, sur une plage d'Ostie :

> – je suis comme un chat brûlé vif,
> écrasé par le pneu d'un camion,
> pendu par des gosses à un figuier,
>
> mais avec encore au moins six
> de ses sept vies,
> comme un serpent réduit en bouillie sanglante,
> une anguille à moitié mangée

Parmi les livres emportés, j'ai décidé de n'en prendre aucun de Pasolini, car nombreux ont été les pensionnaires qui ont élaboré leur projet à partir de son œuvre ; celle-ci ne m'est pas suffisamment familière pour me permettre de la convier dans la ronde de celles qui m'accompagnent dans la durée. Dans mes cartons, j'ai cependant glissé le cahier de photocopies de son livre *L'Expérience hérétique*. À la fin de ses « Observations sur le plan-séquence », il écrit :

> La mort accomplit un fulgurant montage de notre vie : elle en choisit les moments les plus significatifs (qui ne peuvent plus être modifiés par d'autres moments possibles, antagonistes ou incohérents) et les met bout à bout ; faisant de notre présent, infini, instable et incertain, et donc linguistiquement non descriptible, un passé clair, stable, sûr, et donc linguistiquement descriptible [...]. Ce n'est que grâce à la mort que notre vie nous sert à nous exprimer.

Au début de l'écriture de ce récit, j'avais en tête d'assembler des moments disparates de ma vie, sans forcément choisir les plus saillants, sans vouloir non plus préfigurer le montage que seule la mort accomplira. En vis-à-vis, en détruisant mes liasses de papiers, c'est comme si je voulais avancer le travail, ou tout du moins éprouver *avec un sérieux perforé* ce que produit cette opération de délestage dans mon cerveau, avec l'espoir aussi que celle-ci me rafraîchisse la mémoire – *mémoire que je perds, vide que je retrouve.*

Ce que tu ne fais pas, d'autres le feront à ta place. Cet après-midi, je suis retourné au Palazzo Barberini, avec l'intention de revoir l'exposition Pasolini. Ce qui m'a saisi au sortir de celle-ci, c'est le geste d'un jeune gardien, debout derrière le comptoir. Dans sa main droite, une perforatrice, dans l'autre, plusieurs feuilles superposées qu'il tenait fermement, afin de les trouer régulièrement sur les quatre côtés. Les feuilles choisies, celles du livret : *The Epiphanic Body*. Je n'aurais pu imaginer cette scène. J'ai osé lui demander si je pouvais le photographier en train d'accomplir ce rite, il le faisait avec tant de sérieux et de concentration, voire de mélancolie. Je lui ai dit que j'étais en train de travailler sur les *coriandoli*. Il a accepté que je tourne autour de lui et prenne quelques clichés de ses mains prises par ce patient travail de découpe – sa façon à lui de fabriquer du temps. Son avant-bras gauche était entièrement tatoué – d'un serpent enroulé et d'écritures gothiques. Sur sa main, je lis : *Hardcore*. Tête penchée, il ne semblait pas gêné par le fait que je veuille garder en mémoire son geste et l'attitude de son corps – telle une épiphanie, en effet, même si ce terme ne m'est pas familier, je ne l'emploie jamais.

Sur les quelques photos prises fébrilement, je remarque que la petite boîte en carton posée sur son bureau était elle aussi perforée de toutes parts. Est-ce sa manière à lui de sentir le temps passer ? La perforatrice utilisée par sa collègue lorsque je lui ai tendu mon billet à l'entrée de l'exposition ressemblait davantage à celle que nous avons maniée enfant : une perforatrice miniature. Tandis que celle qu'il avait dans les mains semblait plus professionnelle, les rondelles de papier tombaient directement sur son plan de travail, elles n'étaient pas contenues dans un réservoir. Il semblait prendre plaisir à cette activité solitaire, je l'aurais volontiers accompagné dans sa besogne. Il est vrai que je suis retourné voir cette exposition avec le sentiment de tuer le temps, le désir n'étant pas là. Tel le poinçonneur de la Villa, déjà désœuvré, il me faut sortir du manège. *Ma chandelle est morte*. Je m'invente un ami, m'identifie à ce jeune employé en train de perforer tout ce qui lui tombe sous la main. La mélancolie du gardien de musée m'a toujours ému, l'ayant moi-même éprouvée lorsque j'ai endossé cet habit au Petit Palais à Paris : je n'avais pas le droit de lire, ni celui de parler aux gens. L'immobilité ne me convient pas, j'ai besoin de me fatiguer physiquement ; je préfère faire la plonge qu'être assis à ne rien faire. Au moins, à la fin de ta journée de plongeur, t'es content de ta plonge, tu vois ce que tu as fait, alors qu'à la fin de ta journée d'agent de surveillance, tu ne ressens que les méfaits d'une énergie non dépensée. Quand tu perfores une feuille de papier, vierge ou imprimée, tu t'appliques, tu accomplis un trajet, cela te procure une petite jouissance

– celle de détruire quelque chose n'étant jamais anodine. De ton désir, tu fais de la dentelle – ou quoi ?

Et c'est ma vie, ma vie par le vide. Depuis le début, je dis : *Je suis venu ici pour faire le vide.* Tout en sachant que c'est illusoire. Mais le vide mis au jour par le geste d'écrire est un vide œuvré, ouvragé en quelque sorte, je ne suis pas sûr d'aimer ça. Je me souviens d'une exposition vue il y a longtemps à l'Orangerie du jardin du Luxembourg, une exposition qui avait pour ambition d'allier art contemporain et métiers d'art : un ancien pensionnaire de la Villa avait remis à des brodeuses ses draps tachés de sperme et celles-ci devaient suivre le dessin de ses auréoles pour broder les motifs colorés qu'il leur avait remis. Autant enfiler des perles – ce qu'il a fait plus tard.

Écrire ce n'est pas raconter des histoires. C'est le contraire de raconter des histoires. C'est raconter tout à la fois. C'est raconter une histoire et l'absence de cette histoire. C'est raconter une histoire qui en passe par son absence. C'est Duras qui dit cela dans *La Vie matérielle*, elle qui incarnait à mes yeux d'adolescent l'écrivaine par excellence, depuis que je l'avais vue, un soir, à la télé, dans l'émission *Apostrophes* de Bernard Pivot. C'était en 1984, j'avais seize ans. C'était quelques mois après mon retour précipité de Marseille, et l'effondrement qui a suivi. Voir l'aplomb de cette femme à l'écran, son visage strié, son regard voilé par les verres de ses lunettes, entendre sa voix, sa mélopée, le mouvement même de sa pensée, ses arrêts, ses fulgurances, sa façon de se débrouiller des questions de son intervieweur, ce qu'elle dit de l'écriture, son intransigeance – *Il y a des gens qui croient écrire, et puis il y a des gens qui écrivent, c'est rare, c'est très rare* –, tout cela a laissé une forte empreinte dans ma caboche. Aussi n'ai-je pas tardé à lire *Un barrage contre le Pacifique* – ce livre qui contient tous les autres. Peu de temps après, au lycée, j'ai lu *Moderato cantabile* et *L'Amant*, la prof de français nous ayant fait étudier quelques auteurs réunis sous la bannière du nouveau roman.

Ce que Duras arrivait à dire dans cette émission grand public d'*Apostrophes* semblerait à peine imaginable aujourd'hui, elle en a fait son moment. Avec sa diction particulière, elle nous oblige à tout entendre, elle nous entraîne avec elle dans les méandres de ses pensées, de ses sensations, nous donnant accès à la matrice de son œuvre, à ce qu'il y a d'*intenable* dans l'exigence de l'écriture telle qu'elle la conçoit : *On n'est pas là, quoi. Pas de vie. La vie est ailleurs. C'est un drôle de truc l'écriture. Pourquoi on se double de ça, pourquoi on se double d'une autre vision du réel, pourquoi, tout le temps, ce cheminement de l'écrit – à côté de la vie –, duquel on ne peut absolument pas s'abstraire.*

Même si l'on ne sait pas précisément ce dont elle veut nous faire part à cet instant de l'entretien, on le devine, on sent bien que ce n'est pas du chiqué, qu'elle dit vrai, elle parle de son expérience, elle nous fait sentir le difficile trajet qui a été le sien avant d'atteindre cette *écriture courante, presque distraite, qui court, qui est plus pressée d'attraper les choses que de les dire* […], *pour aller vite, pour ne pas perdre, parce que, quand on écrit, c'est le drame, on oublie tout, tout de suite, et c'est affreux quelquefois.*

À seize ans, j'ai donc entendu la voix de cette femme

– second coup de gong, après celui d'Henri Michaux. Elle a œuvré, elle a ouvert une brèche, je n'ai pas cherché à la refermer. Elle m'a fait entrevoir cette intensité de vie rendue par la scansion même de son phrasé, en n'écoutant qu'elle, le tempo de sa pensée, sa propre mélopée, la créolité de sa langue qu'elle assumait enfin : *c'est comme si l'étendue de la phrase était ponctuée par la place des mots ; ensuite la phrase s'attache aux mots, les prend et s'accorde à elle, comme elle le peut.* D'ailleurs, Michaux dit quelque chose que Duras n'aurait sans doute pas désavoué : *Un écrivain est un homme qui sait garder le contact, qui reste joint à son trouble, à sa région vicieuse jamais apaisée. Elle le porte.*

L'endroit où j'écris n'importe pas. Lorsque j'écris, je suis là et je ne suis pas là – les deux à la fois. Il est temps pour moi de biffer la Villa, d'en faire un Palais de Confettis, une construction de l'esprit. *Détruire, dit-elle.* Si j'écris pour de bon, il me souvient le corps-confetti d'un petit frère mort, il me fait entendre son appel. Lui n'a pas vu le jour. Je ne suis pas seul quand j'écris, il y a son ombre.

Thibault n'a pas répondu à mes derniers messages, ça m'inquiète ; je ne peux pas m'empêcher de penser au pire, s'il lui était arrivé un accident ou je ne sais quoi qui expliquerait son silence. Il est en roue libre depuis six mois, et sa rentrée n'a pas pris la tournure escomptée. C'est à se demander si je ne lui ai pas fait un cadeau empoisonné. Il a arrêté de bosser très peu de temps après avoir su qu'il aurait accès à mon abri parisien dès septembre. Le mois dernier, il m'a écrit en pleine nuit, me faisant part de son malaise croissant. Il y a d'abord eu ce problème de clefs : celle de la porte vitrée à l'entrée de l'immeuble qui n'était pas la bonne, et celle de mon appartement dont j'avais fait faire un double et qui s'est cassée lorsqu'il l'a introduite la première fois dans la serrure. Mauvais augure. Il me dit être perturbé par le bruit des pas de la voisine sur le palier, le matin tôt, lorsqu'elle se rend à son boulot. Il n'ose pas non plus déployer ses affaires sur la grande table dans la pièce sur rue, comme si mon fantôme le lui interdisait. De la confiance que je lui accorde, il semble ne pas savoir quoi faire, il fout en l'air sa rentrée et s'isole. Je connais trop bien ce processus de retrait pour ne pas le juger.

Moi-même, j'ai mis du temps pour me sentir bien dans cet appartement, comme s'il était hanté. Je n'y ai pas non plus beaucoup de souvenirs heureux. C'est un lieu où l'étau s'est resserré, le sort scellé : je vivrai seul toute ma vie. Lorsque l'homme que j'aimais m'a quitté, il y a dix ans, j'ai converti cette pièce sur rue en atelier. Plus de place pour l'amour. Finalement, c'est lors du premier confinement et de l'écriture de mon précédent livre que je m'y suis senti le mieux ; le lieu est devenu plus vivant, les parois de mon abri se sont couvertes de mots et d'images, je me suis remis à faire des trucs avec les mains. C'est à ce moment-là que j'ai découpé mes premiers confettis. Après avoir imprimé à chacun d'eux un léger pli, une torsion qui leur rendait un volume, je les disposais sur le fond noir du sous-main. Ils devenaient motifs, mouches et papillons, formaient un bataillon, une ronde, que je prenais aussitôt en photo avec mon smartphone en baissant la luminosité au maximum, afin qu'ils apparaissent sur un arrière-fond de nuit. Je m'évadais ainsi de ma prison. Les images à peine faites, je les redistribuais sur Instagram, récoltais quelques likes qui égayaient ma journée. Je n'avais plus honte d'être seul, nous étions des millions à l'être.

Me sentant soudain plus armé que d'autres dans *l'art d'être seul*, je me tenais à des activités ritualisées : des gestes simples qui donnent le sentiment de faire quelque chose avec les miettes, ou plutôt d'organiser une vie intérieure en miettes. La vie de l'esprit se contente parfois de quelques centimètres carrés. Ainsi, on peut faire entrer tout un monde dans un confetti, et le déployer où bon nous semble. Découper à la main des petits ronds dans des timbres-poste, le revers d'une enveloppe, comme collecter des débris dans la rue, modeler de la mie de pain, c'est trouver là des raisons de vivre heureux. Nulle envie de durer, nulle envie de conserver. S'alléger le plus possible. Transmettre ce qui, à nos yeux, semble être le plus précieux et s'en aller – débarrasser le plancher.

Quand mon temps sera fini et que je mourrai, je ne veux laisser aucun reste, disait Warhol, *et je ne veux pas être un reste. Je regardais la télé cette semaine, et j'ai vu une dame entrer dans une machine à rayons et disparaître. C'était formidable, parce que la matière est énergie, elle s'est tout simplement éparpillée.* Devenir cendre, ou autre chose. Parmi ceux qui s'orientent vers la crémation, certains revendiquent ce désir d'accélérer le processus de transformation, tout en libérant leur descendance du souci d'entretenir une sépulture. Je me demande à quel moment ces pensées nous traversent. Au mitan de notre vie ? À la mort de nos parents ?

Dans mon lit, il dort. Dans mon assiette, il mange. À ma table, il s'appuie. Là où il est, je ne suis pas. Dans mon abri, quelqu'un d'autre vit à sa guise. Je ne le connais pas, je ne l'entends pas, je ne vois pas ce qu'il voit, je ne sens pas ce qu'il sent ; s'il est heureux ou malheureux, je ne veux pas le savoir, car j'ai toujours peur de faire mal en voulant faire bien, c'est sans doute ma névrose principale.

Tiens, un revenant! Je l'ai entendu quelquefois. Je me réveille maintenant ou quoi ? C'est un peu tard. Si cela donne quelque espoir à celles et ceux qui, comme moi, se sont perdus en chemin, ça me va. Mon cas n'est pas unique. Depuis que je vrille à la Villa, c'est comme si j'avais décroché le pompon, vivais dans un parc d'attractions. C'est tous les jours fête et cotillons. Là où je suis, il y a du bruit – *du bruit dans l'image.*

On ne meurt pas parce qu'il faut mourir, on meurt parce que c'est un pli auquel on a contraint la conscience un jour, il n'y a pas si longtemps. C'est ainsi qu'on meurt un peu tous les jours. À cause de l'empreinte de ce pli fait en nous, on laisse prise, on se fendille, on s'entortille autour d'un creux. Chaque jour, de son boîtier magique, se déverse un flot d'images ; sans que l'on s'en rende compte, celui-ci grossit à mesure que nos forces de vie s'amenuisent. Sur Instagram ou bien ailleurs, c'est la mort à l'œuvre. *En tonnes, vous m'entendez, en tonnes, je vous arracherai ce que vous m'avez refusé en grammes.* Une fois qu'on a mordu à l'hameçon, c'est foutu. On n'en finit pas de remonter le temps : le mouvement du doigt sur l'écran, c'est toujours du bas vers le haut. On n'a jamais la patience d'aller jusqu'à la première image ; la scène primitive s'est glissée dans la trappe, elle est entrée dans la nuit du caveau. Est-ce la seule façon de publier son cerveau ?

Une mosaïque d'images en guise de portrait chinois. On fait la demande et la réponse, on est son propre débiteur, on vit en autarcie, la dette est infinie, on ne comblera jamais le trou fait en nous. De son prochain, on ne réclame guère que des émoticônes – pas de commentaires. Si l'on pouvait se passer de mots, on s'en passerait. *La réalité, c'est ce que nous cherchons à rendre aussi parfait que possible, étant entendu qu'aucun de nous n'a de réalité en dehors de cet effort.* Ce n'est pas ainsi que la douleur se résorbe. Ce n'est pas non plus affaire de volonté ou de croyance. Grande est la tentation de se démettre. *Je veux être tout entier présent dans chacun de ces instants qui peut être celui de la mort.* Vouloir entrer dans le tourbillon des confettis n'est rien d'autre qu'une tentative de *se lier à la dispersion, à l'intermittence, à l'éclat fragmenté des images.*

Chaque début d'année, on compte les jours, on sait quel jour on est. Très vite, on se lasse, on ne les compte plus, on préfère les émietter, on retient seulement l'année – bonne ou mauvaise, on sait toujours quelle année on est. Les premiers jours de l'An, on prend le temps de formuler des vœux – pour soi, pour les autres, pour celles et ceux qui nous rendent un peu plus vivants qu'on n'est. Personne n'est dupe, on continue cependant de mouliner. *Unité, dispersion.*

Eh bien, vous savez quoi, au réveillon, il n'y avait pas de confettis ! Des feux d'artifice, oui ! À minuit, tout le monde était à la fenêtre pour les filmer. Je n'ai même pas pensé à en fabriquer pour l'occasion. Étant désigné le lendemain pour orchestrer l'équipée ménage, je craignais sans doute qu'ils prennent en grippe celui qui avait distribué ses sachets de confettis dans la soirée, sans se soucier de ceux qui les balaieraient.

Entre-temps, le confetti est devenu une affaire intime – pas collective. Depuis que l'idée du carnaval s'est éloignée, je me tiens au plus petit dénominateur commun, mon champ d'action s'est réduit. Certains jours, je voudrais entrer dans un trou de souris – me faire tout petit. Déjà, ma voisine de pavillon m'appelle : *Mon petit.* Elle a tout compris. Ça m'infantilise un peu, mais je la laisse dire ce qu'elle veut. Je me suis habitué à sa façon de parler. Le soir de la réunion carnaval dans l'atelier de Mounir, en décembre dernier, si elle n'a pas hésité à exprimer d'emblée son désaccord avec le projet, elle a attendu la fin de notre discussion pour nous annoncer qu'elle était enceinte. On a alors mieux compris pourquoi elle ne voulait pas s'engager dans l'organisation d'un bal masqué ; ça semblait cuit dans sa tête depuis le début, avant même d'imaginer la répartition des tâches. Au fond, cette fille, depuis qu'elle a fait un pas vers moi m'a rendu service, me rappelant sans cesse à ce que je veux vraiment. Elle aussi, son désir, sitôt exprimé, elle avait été tentée de le bousiller. Si elle devient une amie, c'est parce qu'elle ne s'arrange pas de celui que je suis. C'est toujours plus facile de voir clair dans la vie de son voisin, mais elle, je ne suis pas le seul à le reconnaître, elle est fortiche pour aller débusquer tes névroses et te faire sortir du cagibi, sans pour autant se prendre pour une superwoman. L'autre soir, elle m'incitait à lire des *self-help books.* Hier après-midi, après le déjeuner, elle s'est amusée à détourner la fameuse phrase de Robert Filliou – *L'art, c'est ce qui rend la vie plus intéressante que l'art* – en une formule tout aussi pertinente : *La dépression, c'est ce qui rend la vie plus intéressante que la dépression.*

Ça marche avec tout, me dit-elle, ce à quoi je n'ai pu qu'acquiescer. Tout guilleret, je suis reparti avec ça dans mon pavillon. Je n'ai pas su immédiatement convertir l'énergie qu'elle m'avait transmise. Je la fais marrer avec mes histoires de famille, elle en est friande. Selon elle, mon père va tenir encore un peu.

Daddy, m'a dit, avec un sourire en coin, le jeune *ragazzo* rencontré l'autre soir dans le parc de la Villa Borghèse. À peine le pied posé à l'aéroport Fiumicino, m'a surpris une montée de libido, je n'en revenais pas, après le Noël passé à Clermont qui m'avait quelque peu essoré. De retour à mon pavillon, je me suis senti chez moi, il ne m'a pas fallu longtemps pour reprendre mes marques, et me diriger d'un pas alerte vers le parc voisin. Pas grand monde, excepté ce jeune garçon sur son vélo, au pied d'un arbre, dont deux hommes s'occupaient déjà. Un quart d'heure plus tard, il est venu vers moi, s'est offert sans rechigner, il parlait un peu français. À la fin de nos ébats, il m'a glissé son *daddy* à l'oreille ; c'est la première fois qu'on me disait ça, il avait dans la vingtaine, je pouvais en effet être son père. Quelques pas plus loin, il m'a demandé : *T'étais beau quand t'étais jeune ?* C'était un peu plus mordant, mais ça m'a fait rire, car je ne me suis jamais trouvé beau, ni hier, ni aujourd'hui.

Seul, on ne se voit pas, on ne s'entend pas, ce qui permet une légère anesthésie. Il n'empêche, l'attention que m'a accordée ce garçon dans les buissons m'a ragaillardi.

Il entamait des études de cinéma et, à un moment, m'a dit qu'il aimerait bien faire un court métrage sur cette *autre vie*, en désignant du regard le parc et les rares silhouettes d'hommes se distinguant à peine dans la nuit. Théâtre d'ombres dans lequel chacun vient éprouver les limites de son désir – le mien n'étant pas complètement détaché de celui du père : comme si, en me rapprochant de lui, je perdais une parcelle de terrain, lui cédais quelque chose de mon désir, comme un petit bout de soi à consumer sur place. À mon tour d'être perçu comme un *daddy*, alors qu'à l'intérieur, je n'ai pas le sentiment d'avoir grandi – le même, juste un peu vieilli.

Il y a un an, je m'apprêtais à déposer un dossier de candidature à la Villa Médicis, je ne l'aurais jamais fait si mon père avait été dans les parages. Suite à une brève altercation avec lui l'été précédant la parution de mon premier ouvrage, mon père ne m'a plus adressé la parole pendant un an. Dans ce laps de temps, j'ai senti un regain de vie, comme un deuil anticipé. Je me suis surpris à être heureux. Voir mon livre dans les vitrines des librairies m'a ému aux larmes. Du vide laissé par le père, j'avais réussi à faire quelque chose. Dorénavant, je devais compter sur mes propres ressources. Il ne me couperait plus l'herbe sous le pied.

L'Herbe sous le pied, c'est le titre d'un film que Paul Meyer a réalisé pour la télévision belge en 1977 : une invitation à une autre société, en partant de l'exemple d'un village autogéré dans son Brabant natal. Ce n'est pas ce film que je leur ai montré hier soir, dans le cadre de notre ciné-club, mais son chef-d'œuvre datant de 1960 : *Déjà s'envole la fleur maigre,* titre extrait d'un poème de Salvatore Quasimodo, qui défile lentement sur l'écran après le prologue. Au départ, il répondait à une commande du ministère de l'Instruction publique sur l'accueil des enfants de familles immigrées dans les écoles, mais très vite, il a été happé par ce qu'il voyait, a gagné la confiance de celles et ceux qu'il filmait, et par ses choix formels, il a su restituer une parcelle de leur réalité, en réalisant un film aussi poétique que politique – ce que l'État belge ne lui a jamais pardonné, son film ayant été retiré des écrans, craignant de nouveaux remous après les grèves dans le Borinage. Ainsi, Paul Meyer aura passé sa vie à le rembourser en travaillant pour la télévision belge où il n'avait guère de marge de manœuvre.

Au moment de leur dire quelques mots en amont de la séance, j'étais bizarrement très ému, comme si cela me mettait à nu. En revoyant le film en leur présence, j'ai compris les raisons qui m'attachent à lui : la beauté plastique des plans, la séquence des bonbons invisibles que Domenico distribue aux enfants qui jouent le jeu en faisant semblant de les dépiauter avant de les mettre dans leur bouche ; et celle où le garçon orphelin se caresse la nuque, reproduisant le geste que le père italien fait à son fils assis sur ses genoux, scène d'affection qu'il surprend dans l'encadrement de la fenêtre, alors qu'il s'est caché à quelques pas, dans un coin d'ombre. Dans mon souvenir, le geste était fugace, mais non, le plan est relativement long. Les enfants font du terril leur aire de jeu, en dévalant ses pentes sur des platines à tarte, tandis que les adultes mêlent les pas des danses de leur pays d'origine sur fond de grisaille du Borinage – paysage transfiguré.

Un matin, à la radio, j'avais écouté un entretien avec Paul Meyer, lorsque son film est ressorti en salle à l'orée des années 1990. Dans son témoignage, on n'entendait aucune trace d'amertume de n'avoir pu réaliser qu'un seul film dans sa vie, alors que celui-ci avait été reconnu par ses pairs comme un chef-d'œuvre du cinéma néoréaliste. À la fin de sa vie, son second film inachevé, reprenant les mots de Bertolt Brecht, il aurait dit à ses proches : *Je me suis bien amusé.*

Je suis maniaque, c'est entendu, mais quand même, Thibault aurait pu faire quelques efforts, faire son lit, enlever les cheveux dans l'évier, réparer la chasse d'eau, ne pas laisser en plan dans l'entrée son matériel d'escalade, et planquer les bouteilles d'alcool. Je l'avais pourtant prévenu de mon passage éclair dans l'appartement, ayant un battement de deux heures entre la gare de Bercy et l'aéroport d'Orly. Découvrir ma maison dans cet état ne m'a pas fait plaisir, tous les détails m'ont sauté à la gueule. En le regardant travailler au restaurant, je l'avais imaginé consciencieux ; manifestement je me suis trompé. Bon, je décide de fermer les yeux, me contentant de lui laisser quelques instructions. En lui, je n'ai donc pas trouvé une doublure. Ma réalité contre la sienne. Encore sept mois dans mon appartement, il a le temps de faire quelques dégâts. À mon retour, je sais ce qui m'attend. Pour l'heure, je prends soin de mon pavillon, puisque c'est ici que s'invente une autre vie – comme si habitait là un marchand de confettis dont j'endosserais l'habit, et qui, à ses heures perdues, écrirait son vrai-faux journal. Ou bien est-ce là le terrier d'un écrivain qui, à temps perdu, fabrique ses confettis comme d'autres broient leur chocolat ?

Aujourd'hui, j'ai tenté de réanimer mon lieu, en déblayant les tables, en disposant des livres à même le sol, en écrivant au feutre des bouts de phrases sur des rubans de papier, en relisant les dernières pages d'*Émergences-Résurgences* d'Henri Michaux, en faisant tout pour reporter le moment d'appeler mes parents – comme si j'appréhendais de les entendre et de leur faire part de mon état du moment. Pas envie de parler. Peur de craquer. *Comme si renoncer à échouer était beaucoup plus grave que renoncer à réussir*. Ce n'est pas parce que j'ai été admis à la Villa Médicis que je suis tiré d'affaire. Je peux tomber de haut. Infoutu de rebondir. Père et mère peuvent partir l'un après l'autre, à quelques mois d'intervalle, comme ça arrive souvent. Mère, séparée de mon père depuis quarante-cinq ans, m'a confié encore récemment : *J'aurais quand même aimé partir avant lui*. S'il part le premier, j'ai peur qu'elle ne trouve plus de raisons de vivre. Déjà qu'elle en a marre. Et pourtant, comme dirait ma sœur Sylvie : *Avec sa petite flamme, elle peut encore tenir longtemps*. Ce qui exprime l'ambivalence des sentiments que l'on éprouve à l'égard de ses parents vieillissants. À certains moments, il est possible de ressentir une sorte d'épuisement, malgré toute l'affection qui nous lie à eux. De la place où je suis, je sens bien que mes sœurs font leur maximum pour entretenir la flamme de notre mère. Je leur suis reconnaissant de ne m'avoir jamais reproché d'être loin et de lui consacrer moins de temps, jouissant encore des privilèges du petit dernier. Alors oui, il ne faut pas s'étonner que ma voisine m'appelle : *Mon petit*. Il n'y a que ma tante Colette et Joris qui m'appelaient : *Mon*

François. À la fin de ma vie, si j'ai le temps de la voir venir, je me demande bien qui va s'occuper de moi. N'ayant pas d'enfants, j'ai intérêt à ne pas faire de vieux os – autant en faire des confettis de mon vivant. Au moment d'atteindre cette zone grise, j'ai bien peur d'être un peu sec. Est-ce que mes sœurs seront encore dans les parages ? Ce serait plutôt à moi de veiller sur elles dans leurs vieux jours, non ?

Lorsque mes parents se sont séparés, je leur avais promis le même dessin, j'étais bien embêté. Ne voulant blesser ni l'un ni l'autre, j'ai fini par le photocopier en deux exemplaires, en planquant l'original sous les bûches dans la pièce exiguë qui nous servait de cave, où il a dû moisir. Ce que je n'arrivais pas à leur dire, je l'exprimais non sans humour en dessinant des bonshommes qui reprenaient certains de leurs traits : un monsieur moustachu ressemblant fort à mon père accoudé au comptoir d'un bistrot, avec une tenancière gironde, et un long ruban sortant de la caisse enregistreuse, les verres de rouge alignés… Les femmes que je croquais étaient toutes affublées de tenues rappelant celles de ma mère. Quant aux hommes, je n'oubliais jamais de souligner la bosse au niveau de la braguette ; soit j'avais le sens de l'observation, soit j'avais surpris des scènes dans lesquelles certains détails m'avaient frappé. Le désir des adultes, là où il va se nicher, on a vite fait de le repérer, lorsqu'on est môme, sans forcément avoir besoin de se faire oublier : ils font tellement comme si on n'était pas là qu'on peut tout voir, tout entendre. Le soir, ça mouline dans la tête, on ne s'arrange pas de leur réalité, on compose avec leurs failles. Gosse, on ne les rate pas, les grandes personnes, parfois si maladroites lorsqu'il est question de se débrouiller avec leurs manques – leur demande d'amour jamais apaisée. Mes parents, ce qui les reliait, ce n'était pas évident à déceler : peut-être le fait que l'un et l'autre avaient été des enfants non désirés, des *accidents*, comme on dit ; alors aimer, se laisser aimer, ça n'allait pas de soi, il y avait du silence.

Depuis que je tournicote ici, tout ce que je dis au cours d'une journée est moulu fin, balayé le soir même. Dans mon théâtre intérieur, père, mère, sœurs, amis, faux amis, tout le monde défile, comme autant de figurines de cire ou de chiffon ; je n'en pique aucune, je ne voudrais blesser personne. La question, c'est toujours la même : *Qu'est-ce que je fous ici ?* Il semblerait que je m'attache à ne répondre à aucune des questions que celle-ci entraîne avec elle. Qu'est-ce que je veux ? Tomber amoureux ? Ah, oui, du premier venu ! Et lui fermer les yeux. Et le broyer menu.

Hier matin, j'ai visité ce qu'ils appellent ici la « réserve enterrée », à quelques pas du « village italien ». J'avais rendez-vous à 10 h 30 avec Patrizia près de la citerne, en haut des marches qui y conduisent. Comme elle n'était pas là, je suis descendu, et en ouvrant l'une des deux portes, j'ai déclenché l'alarme. L'air de rien, j'ai rejoint la surface, avec le sentiment d'avoir fait une connerie. Des gars sont venus l'éteindre et l'ont appelée pour lui dire que je l'attendais. Elle est arrivée en joignant les mains pour se faire pardonner de son retard. Ladite réserve a été construite en sous-sol, en respectant les normes requises pour la bonne conservation des archives qui y seront stockées. Il lui revient de superviser ce transvasement, débuté il y a à peine un an. Elle travaille à la Villa depuis plus de trente ans, nous avons le même âge. La première fois qu'elle a découvert le fatras avec lequel elle allait devoir se débrouiller, elle s'est mise à pleurer, m'a-t-elle avoué. Depuis, elle a inventé sa méthode. Les boîtes jaunes contiennent les documents les plus anciens : comptes, correspondances, colloques, expositions, toute la paperasse produite depuis la fin du XIXe siècle. Elle prend sa tâche très à cœur, ôtant systématiquement les chemises de couleur susceptibles de déteindre, les feuilles de Rhodoïd, ainsi que les trombones qui rouillent. Quant aux doublons, ou tout autre document à détruire, il y a un protocole précis à suivre. Elle m'a également parlé de « boîtes fantômes ». En maniant ces dossiers administratifs, elle a reconnu ses propres notes manuscrites – son archive personnelle enchâssée dans celle de l'institution.

À un moment donné, j'avoue avoir accordé moins d'attention à ses explications, étant troublé par la présence d'Italo, un jeune garçon napolitain arrivé depuis peu à la Villa. Je l'avais déjà repéré à la cafétéria la semaine passée. Ce matin, il était chargé de passer l'aspirateur entre les rayonnages, après l'intervention d'une équipe spécialisée dans le dépoussiérage des boîtes et cartons. Il m'était plus facile de m'intéresser à la brève mission qui lui avait été confiée qu'à celle, au long cours, qui incombe à Patrizia. Il s'acquittait de sa tâche avec abnégation et patience ; j'aurais volontiers fait semblant de chercher un document introuvable, afin de sentir plus longtemps sa présence à mes côtés. Son regard noir, sa peau satinée, son sourire, ses sourcils épilés, ses oreilles percées, son corps lourd et musclé, sa mise, ses gestes lents, ses atours de virilité n'ont pas manqué de faire vaciller le célibataire endurci que je suis devenu, rejoignant ainsi le cliché du bourgeois qui fantasme sur le corps de l'ouvrier. Autant ronger mon frein et me remettre à l'italien, avant même d'oser lui adresser la parole. En le voyant travailler, cela m'a bien sûr rappelé l'époque où, en tant qu'assistant, je me serais acquitté des mêmes tâches, loin d'imaginer qu'un jour j'aurais l'opportunité d'endosser cet habit d'*écrivain-confettiste*. Dorénavant, j'ai recours à l'imagination pour me doter d'un corps plus véloce et puissant. Ce corps-camisole, je l'ai confié aux mains d'un ostéopathe l'après-midi même de cette visite à la réserve enterrée ; et j'en aurais pleuré de me sentir si raide et engourdi, privé de l'énergie d'un désir sûr de lui. C'est avec ce corps vieilli qu'il me faut écrire, en tentant de soulever la suie des paroles qui le recouvre en partie. Comme si, du fond des cieux obscurcis, une main amie m'aidait à faire tourner la roue de mon moulin.

Je n'ai encore rien dit de ladite réserve enterrée, des associations que ces deux mots accolés ont produites en moi : celle-ci n'a rien à voir avec le « vide sanitaire » des caveaux dans lequel sont déposées parfois les urnes, en guise de sépulture. C'est une pièce fermée, ventilée, maintenue à une certaine température, dans laquelle un système de rayonnages sur rails est installé pour un gain de place. À l'intérieur sont glissées ces boîtes d'archives datées, numérotées, avec écrit à la main, sur leur dos, le contenu. Qui va s'intéresser aux comptes et correspondances de l'Académie de France à Rome à la fin du XIXe siècle, nul ne le sait, mais cela est toujours susceptible d'entrer dans le domaine de recherche d'un historien qui sait dépouiller ce genre de documents. Tandis que je cherche à me séparer d'une partie de mes archives, je découvre le soin que l'on apporte ici à conserver les traces écrites de celles et ceux qui ont œuvré dans ce lieu prestigieux.

Par ce geste, je ne sais si je rejoins ces artistes performeurs qui tiennent à ce que leurs actions in situ ne soient pas documentées, ne produisant pas de traces visuelles ou sonores, si ce n'est dans la tête des participants. Depuis quelque temps, il est vrai que l'on parle de *reenactment* concernant un certain nombre de performances historiques ; cela n'oblitère pas le fait qu'il est impossible de restituer le contexte initial. Les rejouer reviendrait à répondre aux exigences d'un marché de l'art avide de donner une valeur matérielle à des gestes au départ gratuits, voire critiques par rapport aux institutions dans lesquelles ils n'avaient lieu qu'une seule fois.

Pour ma part, c'est bel et bien l'expérience dans les pompes funèbres qui m'a conduit à la performance, m'obligeant à préciser mon rapport au présent. Dans l'habit du maître de cérémonie, j'étais bel et bien exposé ; il est le premier qu'on a envie de tacler si la tonalité de l'hommage n'était pas juste ou l'affaire trop vite expédiée. Des obsèques d'un proche, nous n'avons pas non plus envie d'en faire des images ou d'en garder un quelconque enregistrement, même s'il arrive parfois d'en faire une capture vidéo pour celles et ceux qui n'ont pu assister à la cérémonie. Ce que l'on accomplit, c'est tout autant un trajet dans l'espace qu'une façon de fabriquer du temps, en réalisant un certain nombre de gestes en présence de quelques-uns. Une fois le corps du défunt à sa place, chacun ressent une sorte de dénouement. En tant qu'ordonnateur, je le ressentais également. J'étais le gars « à côté », et pourtant bel et bien embarqué dans l'histoire de cette famille à cet instant de la séparation. J'ai compris alors l'importance de la « forme », ce que cela met en mouvement en soi et tout autour, si l'on adhère à ce que l'on fait, sans se regarder. Absent et présent à soi-même, les deux à la fois.

C'est agréable de souffrir, quand on a quelque chose à mordre, à briser, à faire souffrir, note Perros dans ses cahiers. *Puis peu à peu on s'aperçoit que non, c'est faux. C'est du toc. C'est mou. La vie est molle. Les hommes, les femmes, les autres, sont mous.* Je cherchais du dur, je me suis coltiné du mou. Mains moites. Trémolos dans la voix. Trop de sucre.

Là, ce n'est pas non plus comme si j'étais seul, je suis seize – seize pensionnaires à moi tout seul : douze femmes, quatre hommes, c'est la proportion qu'il y a en moi à cet instant. Je le savais déjà que j'étais un garçon aux trois quarts fille – un garçon fait de tout ce que les femmes m'ont apporté ; je vous l'ai déjà raconté, je crois. Depuis quelques mois, je suis seize, c'est nouveau pour moi de faire entrer autant de monde dans ma vie intérieure, comme si je devenais un homme-orchestre, ou mieux, un homme gigogne – avec autant de femmes à l'intérieur, on ne l'aurait pas soupçonné au premier coup d'œil. Ça fait un joyeux bordel, mon cabanon s'inscrivant dans un espace autrement plus vaste, celui d'un palais et ses jardins, ses nombreuses dépendances, où habitent d'autres jeunes gens avec lesquels je fraie également ; et ceux-ci sont tout aussi importants dans mon nouvel environnement. Ils me donnent beaucoup à moudre avec leurs histoires. Quand je les vois à l'œuvre, en train de zigzaguer dans l'allée des orangers ou de transbahuter des dossiers colorés dans leurs bras dénudés, je leur envierais presque leur jeunesse. Tout le monde il est beau, tout le monde il est gentil au Palais de Confettis. Je ne suis pas du tout un écrivain isolé – ça ne va pas durer, je sais.

Finalement, je renoue ici avec ce que j'avais tant apprécié durant mes années pompes funèbres : côtoyer des gens tous les jours, entendre leurs récits, sentir leur force de vie, leur pudeur aussi ; ayant accès à l'intime, je n'y restais que le temps qu'ils m'acceptaient. Je ne prolongeais pas le séjour. Je ne devais pas m'attacher aux gens, je n'étais pas leur ami. Nous passions six, sept, huit jours ensemble – un temps circonscrit. Une fois qu'ils s'étaient acquittés de la facture, la plupart, je ne les revoyais pas, le dossier était glissé dans une boîte à archives. Il ne me restait plus qu'à attendre la prochaine famille. Les archives de L'Autre Rive, je ne sais pas exactement combien de temps celui qui a repris l'affaire va devoir les garder. Il arrivait également que certaines familles ne viennent pas récupérer l'urne contenant les cendres de leur défunt.

Mon ancien patron de pompes funèbres est aujourd'hui animé par ce qu'il présente comme le projet de sa vie, intitulé Deep Memory. Imaginant que la fin du monde est proche et que celle-ci entraînerait une rupture irréversible dans la transmission de nos savoirs et de nos œuvres, il se sent mû par une mission plus grande que lui : celle de graver dans le granit, support indestructible, les écrits et images de ses contemporains ainsi que des fragments d'œuvres majeures des temps anciens, afin d'en garder une trace matérielle que chercheront à déchiffrer nos lointains successeurs – je ne sais comment les nommer. Reste à trouver les partenaires financiers et les experts scientifiques pour mettre en œuvre son projet. Il a déjà une idée très précise du format des plaques de granit, de la technique de gravure, de leur mode d'archivage ; quant à l'emplacement des réserves dans lesquelles elles seraient inhumées, il ne peut pas encore en parler. J'avoue avoir du mal à le suivre dans cette aventure, cherchant à effacer moi-même toute trace de mon passage.

Poursuivant la lecture de *Ma philosophie de A à B et vice-versa*, les propos de Warhol me surprennent dans mes propres questionnements sur un modèle de temps ajusté à mon désir : *Je vis véritablement pour l'avenir, car lorsque je mange une boîte de bonbons, j'exulte d'impatience à l'idée de manger le dernier. Je n'ai même pas envie de goûter les autres, j'ai envie de tout finir et de jeter la boîte pour m'en débarrasser l'esprit.*

Et ce matin, je recopie à la main dans mon cahier une écriture trouvée la veille sur la porte métallique d'un garage donnant sur une rue près du Colisée. À l'inscription du propriétaire de ce dernier – LASCIARE LIBERO IL PASSO –, quelqu'un avait ajouté juste au-dessous : VERSO L'INEVITABILE OBLIO. Voilà, c'est la mission que je me donne dans les mois à venir : *laisser libre le passage vers l'inévitable oubli.*

Table des poussières, je lui envierais presque le titre de son article, mais non, il est bel et bien passé par son tamis. Dans celui-ci, Jean-Luc fait part de sa pratique de musicien, qu'il improvise, ou qu'il compose : *Une fois la guitare en main, ne pas se faire guitariste.* Je rapproche aussitôt sa formule de celle de Michaux : *Ce que je fais, est-ce simplement dessiner en pauvre, comme fait celui qui joue de la guitare avec un seul doigt ?* Se faire pauvre et ainsi affiner sa perception. Son titre me rappelle celui que j'avais choisi pour le projet écrit en 2010, avec le mince espoir d'entrer à la Villa Médicis : *Table des matières.* Je venais de rencontrer Joris, il m'encourageait à reprendre mon travail d'artiste, je m'y appliquais de toutes mes forces. Lors de notre premier voyage d'amoureux à Rome, nous avions rôdé autour de la Villa, sans y entrer. Durant ce court séjour, j'avais pressenti ce qui serait susceptible de nous séparer si je n'y prenais pas garde : nous n'avions pas envie des mêmes choses au même moment. Plus casanier que moi, il aurait souhaité que l'on passe davantage de temps à se cocooner dans l'appartement, tandis que je voulais courir les rues, jusqu'aux confins de la ville. N'en connaissant que des images de cinéma, je tenais à vérifier ce qu'une amie m'en avait dit avant mon départ : *Tu verras, Rome, c'est comme un sarcophage ouvert.*

En vue de constituer ce dossier, j'avais tenté de refaire par écrit le trajet depuis mes études à l'école des Beaux-Arts jusqu'aux années d'exil à L'Autre Rive. C'est la table qui est alors apparue à chaque station du récit : à ma table, dos à la fenêtre, dans ma chambre de bonne, en train d'exécuter les illustrations médicales pour le Professeur Truc ; à quatre pattes, sous la table, dans l'atelier de Thomas Hirschhorn, en train de découper des images ou de fabriquer des cartons pour ses autels ; autour de la table ronde, à L'Autre Rive, en train d'accueillir les familles endeuillées et de leur dérouler le questionnaire.

Tandis que le plan horizontal de la table coupe en deux le corps de l'homme assis, le regard du chirurgien surplombe les entrailles cadrées par le champ opératoire. Enfant, on joue sous la table, on s'y invente un abri – comme un plafond bas au-dessus de sa tête. L'artiste aguerri, quant à lui, travaille le plus souvent debout ; sur la planche surélevée qui lui sert d'établi, il dispose ses documents, les découpe, les biffe, les griffonne, fabrique ses collages, dessine ses cartographies, avant de les dater et de les signer au dos.

Et puis, m'est revenue cette phrase qui tournoyait dans ma tête lorsque je travaillais dans les pompes funèbres : *Quand on est mort, c'est le corps sur la table*. Je me la répétais en boucle. Plus tard, j'ai appris que *tabula* désignait aussi le testament, la tablette votive.

Mon projet consistait à collecter-compiler les tables des matières de tous les ouvrages que je manierais lors de cette résidence, en inscrivant au feutre noir sur chacune un chiffre romain, dans l'ordre où celles-ci me parviendraient, ne cherchant pas à les classer, m'en tenant au hasard. L'idée était de constituer une table des matières des tables des matières, tel un long ruban, un parchemin sans fin. La capacité de ces écrivains à organiser leurs réflexions et à les articuler en chapitres m'épatait ; je n'avais pas d'autre intention que de m'en inspirer en les prélevant dans la durée. *Table des matières* n'a pas eu le temps de se déployer, le projet est passé à la trappe.

Douze ans plus tard, admis à la Villa Médicis, je ne cesse de tanguer entre deux tables : l'une où se dresse l'écran plat de mon ordi, au milieu d'un fatras de livres et de cahiers, de phrases recopiées sur de minces rubans de papier ; l'autre, avec la planche à découper, sur laquelle je m'applique à perforer images et textes avec mon emporte-pièce. Un jeu de tables communicantes – *des matières aux poussières*.

Lors de mes promenades dans Rome, le panneau *Senso unico* me frappe à chaque coin de rue. Il m'évoque *Sens unique*, le livre de Walter Benjamin paru à Berlin en 1928, avec, en couverture, un photomontage de Sasha Stone, procédant lui-même à un montage de courts textes, chacun associé à un titre en lettres capitales prélevé dans des journaux, des encarts publicitaires, des plaques officielles ou des enseignes d'échoppes. Cet ouvrage, Benjamin le destinait à ses amis, étant prêt à le publier à compte d'auteur. Il ne se réduit pas à un recueil d'aphorismes et de récits de rêves ; il rend compte également des tensions de l'époque qui le traversent, de la crise de la République de Weimar, passant *de la subjectivité des impressions à la construction d'un objet dans l'espace*. En exergue, cette magnifique dédicace à son amie de Riga : *Cette rue s'appelle / RUE ASJA LACIS / du nom de celle qui / en fut l'ingénieur / et la perça dans l'auteur.*

Ce livre est sur ma table, j'y reviens souvent. Je me demande si je n'apprends pas davantage en relisant le même ouvrage à différents moments de ma vie qu'à vouloir en embrasser un trop grand nombre impossible à assimiler dans le temps qui m'est donné. C'est la contradiction dans laquelle je suis pris lors de cette opération-confetti : d'un côté je voudrais me délester d'un paquet de phrases copiées-recopiées ; d'un autre, je ne peux m'empêcher d'en produire de nouvelles. La plupart des auteurs auxquels je me réfère sont des écrivains du passé – tous morts. Ayant pris un tel retard, j'ai encore des réticences à lire mes contemporains. De même, lorsque j'étais seul à L'Autre Rive, en train d'assurer la permanence du samedi, si aucune famille ne se présentait au cours de la matinée, il m'arrivait d'accorder quelques heures à la lecture du journal et d'ouvrages qui avaient tous plus ou moins à voir avec les questions que soulève la mort de son prochain ; pour m'en imprégner, j'en recopiais à la main des extraits – ces mêmes pages manuscrites que je m'apprête à détruire aujourd'hui. Ainsi, les matières que je manie, je cherche à les faire disparaître, et cela, d'une seule manière, en les perforant à l'aide d'un emporte-pièce.

Tandis que Raphaël, mon ancien patron de pompes funèbres, a le projet fou de vouloir enterrer, en les gravant sur pierre, un corpus d'ouvrages rendant compte des productions de l'esprit de nos contemporains comme de nos lointains ancêtres, je cherche à accélérer le processus de dissolution des traces matérielles qu'un individu sécrète une vie durant. À ses *tables de mémoire*, j'oppose les *tables d'oubli*, comme d'autres réclament le droit à l'oubli quant aux données numériques produites depuis leur ardoise magique.

Si vivre, c'est perdre, alors, écrire, c'est jouer à faire disparaître. Je ne me vois pas comme une archive ambulante. Tout dilapider de son vivant, rien d'autre à faire. Dans les rainures du plancher, se glisseront toujours des confettis. Si *le vieux moi n'accepte pas de mourir*, il ne reste qu'à scier la branche à laquelle il se cramponne – dans l'espoir d'en accueillir un autre, plus frétillant. Il ne suffit pas de se défaire de ses objets pour tirer un trait sur son passé. J'ai eu l'occasion de l'éprouver lors de l'opération *Parti/Pris* : mon appartement ouvert durant trois jours, tout ce qui était visible était à vendre. Décembre 2010, j'étais avec Joris. *À nous deux, nous aurions fait un bon artiste.*

Pas fermé l'œil de la nuit. Le nombre de fois que j'ai entendu ma grand-mère me dire cela. Je ne pouvais m'empêcher de penser qu'elle avait dû quand même dormir un peu. Elle se couchait tôt. Difficile d'imaginer ces histoires qu'elle ressassait toute la nuit. Qu'est-ce qui la tracassait tant ? Où trouvait-elle la force de se lever le matin, malgré ces nuits sans sommeil ? Dès l'aube, elle était debout et prenait soin de sa maison. L'hiver, elle se lavait au gant de toilette devant l'évier. Ses produits de beauté, c'étaient le savon de Marseille, l'eau de Cologne Mont Saint-Michel et la crème Diadermine. Je la trouvais belle, à tous les âges ; j'aimais l'odeur de son corps, sa pudeur, ses mains qui, malgré ses années à trimer dans la poissonnerie, n'étaient pas abîmées comme celles de ma mère. Il faut dire qu'elles étaient à l'opposé. La destinée de ma grand-mère aurait été tout autre si elle n'était pas tombée enceinte. Et puis, il y a eu la guerre, mon grand-père prisonnier en Bavière, il lui a fallu se débrouiller sans lui. À son retour, il n'était plus le même, foutait le camp, la laissait seule à la poissonnerie, la laissait seule avec sa fille, ne leur témoignant guère d'attachement. Pas de besoin, pas d'envie, il n'usait rien.

C'est ma grand-mère qui, à force d'économies, a payé le Clos fleuri dans les hauteurs de Royat, pour respirer le bon air et s'arracher du *taudis* de la rue des Jacobins. Pour sa fille, elle s'est sacrifiée toute sa vie, compensant l'inertie de son mari. Elle n'avait pas d'amis, elle se méfiait des gens. Lors des années lycée à Clermont-Ferrand, c'est chez elle que j'allais me réfugier quand ça n'allait pas fort dans ma tête. Elle faisait rissoler quelques patates, un bifteck, et on parlait, je me sentais bien à ses côtés. Je lui donnais un coup de main dans le jardin, désherbais les allées. À la fin du repas, elle m'incitait toujours à aller me reposer dans la chambre rose ; j'aimais me glisser dans les draps rêches. Un jour, elle m'a convié dans le jardin, elle avait quelque chose d'important à me dire : *Maintenant que tu es un homme, tu vas bientôt avoir des rapports. Alors, un seul conseil, se laver au savon de Marseille avant et après, et ne pas attendre une fois que c'est fait.* En fin d'après-midi, je repartais avec deux packs de savons de Marseille dans les mains. Ça a bien fait rigoler ma copine du moment, qui n'en demandait pas tant. Je me souviens juste qu'après l'amour j'étais bon à rien et tardais bien un peu à me savonner la queue.

Ma grand-mère, je l'ai entendue dire : *Les hommes salissent les femmes.* Ça disait ce que ça voulait dire. Elle avait été engrossée, elle l'avait payé toute sa vie ; cette gamine née chétive, il avait bien fallu s'en occuper et lui donner les moyens de faire des études pour ne pas lui faire vivre la même vie qu'elle. La nuit, le cerveau devait mouliner, elle repensait à tout ce qu'elle avait dû endurer et faire, afin de pallier la faiblesse du mari qui baissait la tête devant les médisances de son frère aîné. Elle seule savait pourquoi elle n'arrivait pas à fermer l'œil de la nuit.

À mon tour de m'entendre le dire. Au fond de moi gît le corps de ma grand-mère. Lorsque je me vois laver à quatre pattes le sol de mon pavillon, je pense à elle, mes gestes sont les siens. L'art du récit, elle l'avait, et bien que sa vie ait été triste, ses histoires ne l'étaient pas, je ne me lassais pas de les écouter. J'aimais aussi l'entendre siffler. Le travail ne lui faisait pas peur. À mon âge, elle avait encore de l'énergie. Je crois qu'elle aurait été heureuse de me savoir là où je suis aujourd'hui, mais elle n'aurait pas accepté de venir me rendre visite. Elle n'a jamais quitté la France et elle a attendu longtemps avant d'aller voir l'océan. Il n'y avait pas de livres chez elle – si, quelques-uns tout de même, que mon grand-père lisait. Un jour, j'avais repéré sur le rebord de la cheminée un exemplaire du *Conformiste* d'Alberto Moravia ; je me souviens encore de la couverture : un portrait à contre-jour, tête dans la brume, dans un cadre ovale, sur fond bleu. Quand je regarde mes mains, leur forme me fait penser à celles de mon grand-père. Il est mort l'année de mon bac. C'est ma belle-mère qui m'a appris sa mort. Je suis aussitôt allé à la morgue de l'hôpital me recueillir auprès de sa dépouille. C'était mon premier mort. Quelqu'un lui avait croisé les doigts sur sa poitrine. Je suis resté à distance du corps. Je ne l'ai pas touché. À un moment, j'ai cru percevoir le doux mouvement de sa respiration, mais non. Je l'avais vu si souvent les yeux fermés. C'était un mort facile à regarder. Il se ressemblait.

Le soir même, dans ma chambre, sur des feuilles de papier brouillon, je me suis mis à écrire, j'ai laissé venir, je me suis senti plus vivant en écrivant, même si je n'arrivais pas vraiment à transcrire mes émotions, les images se superposant dans ma tête. Ces pages, je les ai gardées, je crois même que je les ai glissées dans l'une de mes nombreuses chemises, parmi les archives acheminées jusqu'à ce pavillon de la Villa Médicis. Le jour où je les retrouverai et les réduirai en confettis, cela risque de me faire un pincement. À la mort de ma grand-mère, j'ai écrit un texte que j'ai lu à haute voix lors de la cérémonie, mais ce con de curé, il n'a rien respecté, il a expédié l'affaire, il n'a pas salué ma mère ; je le revois encore avec son balai à la main sur le parvis de l'église, comme s'il avait hâte qu'on foute le camp. Ma grand-mère, c'était mon point d'appui, elle l'est encore aujourd'hui. Lorsque le désarroi me saisit, c'est vers elle que je me tourne.

C'est d'abord une affaire de sous-sol, ai-je noté dans mon cahier le 29 novembre dernier ; et à la ligne suivante : *Le cordon n'est pas coupé, loin de là*. Au bas de la page, une autre phrase de ma grand-mère, je la reconnais aussitôt, elle l'adressait à l'une de mes deux sœurs : *Avec ton frère, c'est pot de fer contre pot de fer*. C'est ce que j'appréciais le plus chez elle : j'avais le sentiment d'avoir quelqu'un en face de moi ; je n'étais pas seul, elle avait une force de vie que ma mère n'avait pas. Ma mère, le matin, elle ne se levait pas. Un jour, je suis tombé sur un gars qui ne trouvait pas non plus de raisons de se lever le matin, ça me foutait le bourdon qu'il me confesse cela. Ça me rappelait quelqu'un. Je lui ai juste dit : *C'est difficile pour tout le monde de se lever le matin ; quand tu dois aller bosser, t'as pas le choix*. À L'Autre Rive, je devais y être à neuf heures. La veille d'un convoi que je redoutais, il m'arrivait de ne pas fermer l'œil de la nuit. Un matin, à l'aube, je devais me rendre à Massy, dans un hôpital spécialisé dans la chirurgie cardiaque des enfants. Un jeune père m'avait confié les obsèques de son fils mort quelques jours après l'opération. Lorsque j'ai demandé à l'accueil où était située la chambre mortuaire, on m'a tendu les clefs du local en sous-sol et indiqué l'ascenseur pour y accéder. Je m'y suis rendu comme un automate. J'ai ouvert la porte, cherché l'interrupteur ; face à moi, les portes en inox des casiers réfrigérés. J'ai fait quelques pas jusqu'au cercueil blanc déposé dans la pièce aveugle à côté, l'ai déballé, l'ai ouvert, l'ai éloigné du drap gris en velours qui recouvrait une partie du mur. Je me suis ensuite dirigé vers la chambre froide, ai extrait le corps du nourrisson, en vérifiant le numéro qu'on m'avait donné, l'ai placé à l'intérieur du cercueil, l'ai recouvert du capiton, sans regarder son visage, ou tout du moins, sans m'appesantir, cette image étant si insoutenable qu'il est impossible de l'imprimer, elle est aussitôt passée à la grisaille. C'était une situation à laquelle je n'avais jamais été confronté.

De retour chez moi, le soir, mes gestes étaient comme ralentis. C'est en marchant dans la rue jusqu'au seuil de mon immeuble qu'une vague de chaleur m'a envahi – dans tout le corps. À l'intérieur de mon appartement, j'ai allumé une bougie que j'ai placée sur la table, éteint toutes les lumières. Je me suis allongé sur le sol, regardant le plafond, le dessin des ombres devant les fenêtres, écoutant la rumeur de la ville au-dehors, les éclats de voix, les claquements de portes dans l'appartement du dessous, ne cherchant pas à me remémorer le déroulement de la journée. Séparé et relié. Maintenant, je savais pourquoi je n'avais pas dormi la nuit passée ; maintenant, je le savais. Et le garderais pour moi.

Entre la vie et le récit que l'on s'en fait, il y aura donc toujours un écart. Ce que l'on sait de sa place dans le monde, est-il possible de l'écrire, de le partager ? Je n'en suis pas très sûr, mais rien n'empêche d'y aller – dans les brisements et les tremblements.

Ayant pris mes marques à la Bibliothèque historique de la Ville de Paris, j'ai parcouru nombre de coupures de presse relatant les fêtes des blanchisseuses et l'élection de leur reine à la mi-carême, les cortèges du Bœuf gras et autres cavalcades organisées dans les rues de Paris. D'un article à l'autre, j'ai relevé les us et coutumes qui varient selon le contexte et les sources du journaliste. Au carnaval de Nice, en 1859 :

> On a abandonné les bonbons de sucre candi pour des pois chiches enrobés de sucre coloré. Les déguisements sont devenus rudimentaires : une chemise de toile écrue et un bonnet de nuit suffisent. C'est l'époque où l'on décide qu'à la fin de son règne, Carnaval, monarque encanaillé, disparaîtra dans les flammes d'un bûcher purificateur. Les confettis de plâtre font leur apparition en 1856. Ils ne suffisent pas à l'ardeur des combattants qui préfèrent lancer des haricots, de la farine et des coquilles d'œufs vidées de leur contenu et emplies de suie. Les étrangers s'abstiennent. Le carnaval de Nice est bien près de mourir pour de bon.

Autrefois Carnaval était plus localisé et moins fréquent, mais c'était une vraie foire au sens propre du mot. La fête était au fond une façon de se rechercher collectivement. On vivait, pendant un temps, une autre vie. On se jouait à soi-même une comédie, mais dans le cadre de la fête. On était son propre Fregoli. Le carnaval exprimait un besoin d'échapper à soi-même. Par le travestissement le moi muait, mais restait toujours le moi. Les carnavals d'aujourd'hui sont trop commercialisés, ce qui est une certitude de disparition. Le carnaval de Venise a perdu sa signification ; celui de Nice n'a plus qu'un intérêt touristique. En France, ce mot ne veut plus rien dire. Bacchus a disparu et les riches instincts populaires aussi. […] Il suffit de s'asseoir dans une salle sombre et de s'identifier, par exemple, à Fernandel, pour avoir le sentiment de changer de peau. Notre moi s'identifie à des personnages absolument extérieurs que sont les héros de théâtre et de cinéma. On peut dire que les arts modernes, en général, ont totalement remplacé la fête d'autrefois.

Dans un article daté de 1911, Gustave Kahn laisse percer son humeur :

Dans les fêtes populaires, ce qui change le moins c'est, en son essence, la gaieté de la foule en ses principales manifestations : c'est toujours, avec une dose variable d'énervement, le goût de persécuter légèrement le prochain et l'hilarité causée par ses mésaventures. Un homme tombe, on rit ; un homme se fâche d'être tombé, on rit plus encore ; un enfant lance un lazzi, ou c'est une femme qui piaule, alors la joie est complète. Il y a un besoin rageur de se jeter, entre gens qui s'amusent, quelque chose à la face, de se tirer les vêtements, de se harceler prestement ; comme les enfants se jettent des boules de neige, les rieurs du carnaval se jettent des confettis. Le mobile des fêtes est toujours le même, on en a changé le haut prétexte. Il ne s'agit plus de laisser le peuple danser en rond et chanter. On allègue avec un grand sérieux l'utilité de faire marcher les affaires ; c'est peut-être la cause que la gaieté se dégage moins franchement. Autrefois, les corporations organisaient des cortèges, maintenant ce sont les municipalités soucieuses des *circenses* de l'électeur. Les cortèges y gagnent une unité et se contaminent de monotonie.

Et puis, plus inquiétants, j'ai découvert, glissés comme des pièces de monnaie dans des pochettes plastiques, de petits papiers de soie colorés, de cinq centimètres de côté, avec l'inscription en lettres capitales : *CONFETTI ANTIJUIF*, suivie de : *Petits rêves sémites*, *Les Juifs en Algérie*, *Les Conseils du Juif Crémieux*, et leurs couplets nauséabonds. Pour donner un bref aperçu de leur teneur, les paroles de *La Marseillaise antijuive algérienne*, sur l'air, est-il précisé, des *Pioupous d'Auvergne* :

À Paris, en France,
On n'est plus chez soi,
Quelle est donc l'engeance
Qui nous fait la loi ?
Pendant qu'la vermine
Travaille pour rien,
Chez nous la famine
Tue le citoyen.

Refrain :
Il y a trop longtemps qu'nous sommes dans la misère,
Chassons l'étranger,
Ça f'ra travailler ;
Ce qu'il nous faut, c'est un meilleur salaire ;
Chassons de notre pays
Toute cette sale bande de Youdis.

Comme antidote à ces petits bouts de papier jetés sur les boulevards de Paris en 1899, lors de l'affaire Dreyfus, j'ai envie de recopier un fragment des *Réflexions sur la question antisémite* de Delphine Horvilleur :

> L'antisémite croit qu'il reproche au juif d'AVOIR quelque chose qu'il n'a pas… mais il reproche aussi au juif de NE PAS AVOIR quelque chose (qu'il n'a pas non plus), mais de plutôt bien vivre sans. Cachez ce trou que je ne saurais voir ! Non seulement le Juif renvoie à l'impossible identité infaillible, non seulement il incarne le vide dont on voudrait se débarrasser, mais en plus il vit avec, et même il « sur-vit » (dans tous les sens du terme : comme marqueur de pérennité et d'intensité) et il en fait le fondement de son infinie renaissance.

Bienheureux ceux qui ne confient leur vie à personne. Bienheureux ceux qui savent garder pour eux ce qui les anime au-dedans – ce qui les rend d'autant plus vivants. Ce n'est pas mon cas : *Je chie comme une oie, j'ai le boyau droit.* Certains voient clair en moi ; ils n'ont pas besoin de m'écouter longtemps, ils savent à qui ils ont affaire. Lors des années pompes funèbres, cela m'a rendu service, j'étais dur et fragile comme du verre. J'inspirais confiance, me disaient les familles après le convoi. Un gars loyal et droit… Tu parles, plutôt un gars docile et mou. Tête baissée, j'encaissais les compliments : *Merci pour votre discrétion.* Ils me remerciaient également pour ma *diligence*, des termes qu'on n'ose plus trop employer dans la vie courante. Mais là, j'en étais bel et bien sorti, de la vie courante, j'émettais sur une autre fréquence, j'écoutais les gens. Chaque jour, j'apprenais à les écouter davantage et à régler la distance – ni trop près, ni trop loin. Maintenant, je découvre le confort bourgeois d'une résidence en Italie, me retrouvant à nouveau en hétérotopie – lieu dans lequel on se sent tour à tour relié et séparé. Je me remémore alors les années d'enfance, les espaces gigognes dans lesquels glisser, passer du chaud au froid, du glaçant au brûlant – ni tout à fait mort, ni tout à fait vivant.

Dans une page, combien de minutes ? Combien de temps pour l'écrire ? Combien de temps pour la détruire ? Comment tenir en vis-à-vis le geste d'écrire et celui de perforer ? J'écris à côté, comme je parle à côté. Comment effacer mon ombre dans ce que j'écris ? Au lieu de la retenir, en en suivant le contour avec un crayon. À défaut de dessiner, j'écris. Mais je n'écris pas ce que je vois, j'écris plutôt ce que j'entends – bribes de phrases saisies au vol, dans la rue, ou bien au réveil, dans mon lit. En l'occurrence, j'ai oublié celles qui s'étaient formées dans ma tête tout à l'heure, je les ai perdues, et cela m'oblige à écrire autre chose, avec l'espoir qu'elles me reviennent. C'est aussi ce qui arrive lorsque l'on s'interrompt ou que l'on est interrompu dans une conversation ; au moment de reprendre, on ne sait plus – on ne sait plus ce qu'on voulait dire. Si encore on se contentait de se taire, mais non ; on ne peut s'empêcher de leur dire autre chose, en s'éloignant plus encore de ce qu'on voulait leur dire au début.

Il y a cette image qui apparaît lorsque je fabrique mes confettis avec l'emporte-pièce : selon l'épaisseur du papier perforé, à l'intérieur du cylindre de métal trempé, se forme un carottage de papier et d'encre, avec des nuances de couleur. Le soir, je me dis… ce que je me disais enfant avant de m'endormir : *Demain, c'est jour zéro.* Comme si chaque confetti me rappelait ce *jour zéro*, cette prière d'enfant : *Je veux mourir.*

Décidément, je ferme mal ; la porte de l'appartement reste entrebâillée, entre chez moi qui veut. Dans mon lit dort quelqu'un d'autre. Ça me fait drôle. Est-ce que l'on dort toujours la porte ouverte ? dans le lit d'un autre ? Cela fait des années que je n'ai pas dormi avec quelqu'un. Des années que, dans un lit, je n'ai pas fait l'amour. Dehors, debout, dans le froid, derrière un arbre, dans le noir, je besogne parfois, mais le plus souvent, je retourne chez moi bredouille. C'est comme une promenade hantée. Au retour, mon regard bute sur le panneau *Torno subito* oscillant légèrement lorsque je referme la porte de mon pavillon. Ou bien… je me rends tel un automate dans un sauna pédé, un lieu tellement fait pour ça que je n'en ai plus du tout envie. Chez moi, c'est froid – la chambre est froide. L'amour, c'est derrière moi. Ce n'est pas non plus comme si je n'avais jamais aimé – jamais été aimé. Entre-temps, le corps s'est réduit. *Entre la vie et moi, une vitre mince.* Je n'arrive pas à la briser.

Ce que j'ai dans les poches ? Il suffit de les retourner, pour y découvrir des miettes, des pièces de monnaie, des mouchoirs maculés, deux hématites offertes par Gaëlle. L'une des deux poches est trouée, c'est à cause des clefs.

Le week-end dernier, lors de l'une de nos conversations, à ma table, Gaëlle a relevé le mot « prisonnier » : je l'emploie souvent, me fait-elle remarquer, comme si un grand nombre de mes activités manuelles et autres étaient celles d'un prisonnier qui chercherait à occuper son temps. *Prison montrée n'est plus une prison*, lui ai-je répliqué. Elle a tenu à préciser : *Je n'ai pas dit « prison », j'ai dit « prisonnier » ; on peut très bien ne pas être libre en dehors d'une prison et se sentir libre à l'intérieur d'une cellule.* Me sont alors revenus les gestes du prisonnier dans le film de Bresson – *Un condamné à mort s'est échappé.* Et puis, l'herbier que Rosa Luxemburg a constitué durant sa détention. *Il y a des gens que l'on enferme mais qui restent libres au-dedans.* Alexeï Navalny, je pense à lui. Comme si, par la répétition d'un geste, le geste de copier-recopier ou celui d'écrire une lettre à une amie, je m'évadais de la résidence surveillée à laquelle je suis assigné. Comme si, par l'opération-confetti, je cherchais à faire disparaître un corps – le mien, celui d'un autre – et à laisser l'espace vacant.

J'ai les extrémités froides – les mains, les pieds, le bout du nez. Si je recopie dans mes cahiers, c'est pour m'échauffer, me réchauffer, c'est ce que j'ai dit à Gaëlle. Au fond, je ne sais pas quoi faire pour me donner envie. Chacun devant se débrouiller avec un temps compté. Ici plus qu'ailleurs, on le sent passer. On est alors tenté de le documenter *à mort.* Comme si, dans l'enceinte de cette Villa enchantée, nous étions des éphémères, rendus plus sensibles encore à notre propre compte à rebours. Chacun enfermé à double tour. Déjà à mi-parcours. *Je suis les ruines d'un édifice qui n'a jamais été que ses propres ruines, et dont quelqu'un, au beau milieu de sa construction, s'est lassé de penser à l'objet qu'il construisait.* Manifestement, je ne peux pas écrire et faire des confettis. *La sexualité sans savon* – connais pas. Lorsqu'on lambine dans un sauna, sa queue, on n'en finit pas de la savonner et de reluquer celle de son voisin. Quand on en sort, on sent le sauna. Quand on écrit, on sent le corps, on n'en sort pas.

J'ai passé une partie de ma vie avec François D. Je vais en rendre compte. Notre vie commune s'est déroulée du 27 janvier 2023 au 29 janvier de la même année dans la ville de Rome, en Italie. Il résidait alors à la Villa Médicis en tant que pensionnaire en littérature. Ce sort avait été le mien quelques années auparavant. De ce fait, j'avais pu lui donner quelques conseils, en consœur. C'est ainsi que nous avons fait connaissance. Le conseil que je lui ai donné, c'était de ne pas emporter beaucoup de livres puisqu'il en trouverait sur place. Il a tout de même déplacé une quantité de papier de Paris à Rome dans le but d'en faire des confettis. Ses archives et les livres lus et relus produiraient une nouvelle œuvre. Documents, lettres, photos, livres en seraient la matière. Quand je suis entrée dans son pavillon, le B, il écoutait du Gérard Manset, il écoutait précisément la chanson Rouge-gorge.

En amont du week-end à Rome, François D. m'a envoyé une photo. Sur l'écran de mon téléphone est apparue une octogénaire. Un beau visage pris obliquement. J'ai contemplé ce portrait. La carnation m'a fait penser à un fruit serein. L'intelligence de cette femme est disséminée dans le grain de la photo.

Son élégance se condense dans un chemisier, un chandail, un collier de perles et une inclinaison du visage. J'ai d'abord pensé qu'il s'agissait d'un plan extrait d'un film de Jean-Marie Straub et Danièle Huillet.

Dans un autre SMS, François D. a expliqué pourquoi il m'avait envoyé cette photo-là. C'est sa grand-mère, sur la photo. Elle s'appelait Alice. J'ai compris par l'imparfait qu'elle est morte, comme souvent les grands-mères. Les grands-mères meurent. Plus que les autres personnes. Sous toutes sortes de formes, elles restent avec nous. Il avait écrit quelques jours plus tôt un texte à partir d'une phrase que disait souvent sa grand-mère Alice : Je n'ai pas fermé l'œil de la nuit.

Après celle-ci, il m'a envoyé deux autres photos. Sur l'une on voit Alice, plus jeune, en manteau noir avec une fille en manteau blanc. Celle qui est la plus âgée regarde l'appareil photo en train d'immortaliser un moment de sa vie. Tandis que la fille regarde dans la direction opposée. La fille a un visage tendu ; souriant mais tendu. C'est la mère de François D. Il ne sait pas qui a pris cette photo. Dans les années 1950, une mère et sa fille adolescente se promènent place de Jaude à Clermont-Ferrand. François D. y est né.

Et il m'a envoyé encore une photo en me prévenant que ce serait la dernière. Je fais un aparté : l'ordre d'apparition des trois photos est important. On remonte le temps. Sur celle-ci, sur la dernière, Alice est toujours belle, toujours classe ; mais elle est à l'arrière-plan. Entre elle et la photographe s'est glissée une petite fille. À présent, c'est elle qui occupe le premier plan. La gamine s'avère être la future mère de François D. Il n'était pas né. Ces images sont donc celles d'un temps où il n'existait pas.

Tu ressembles à cette petite fille, *ai-je dit à François D. Il ne trouvait pas. Pourtant, une certaine nervosité et une présence vive le caractérisent tout comme la petite en noir et blanc. Il l'admet. Chez elle, cela produit une attitude effrontée ; chez lui, un air inquiet. Mais ce qu'elle lui a consciemment transmis, m'a-t-il révélé, c'est autre chose.*

— *Oui, les deux trucs que ma mère m'a transmis, j'en parle dans le texte que je suis en train d'écrire, c'est la danse et le ménage.*

— *Transmis, dans le sens d'enseigner ?*

Il me semble qu'il a répondu oui. Le mot « oui » m'évoque un confetti. C'est-à-dire un projectile léger. La durée de ma vie passée avec François D. équivaut à un confetti. Un tout petit morceau du tout.

Il a dit d'autres choses, beaucoup de choses. Je les ai notées pour n'en retenir, finalement, que la quintessence. Quand il parle, il envoie des flèches dans tous les sens. Puis il les ramasse une à une. C'est son travail. Il va d'un point à un autre. Il se dépense. Son énergie déborde. Elle se déverse comme une pluie de confettis. Lancés ; retombés ; déchus. Il observe le sol, il regarde ce qui s'est planté là. Il fouille le sol du regard, à croire qu'il espère y trouver un kopeck ou la vérité.

Il tourne sur lui-même. Aux trois quarts d'un tour sur lui-même, il bifurque. Il part dans un sens. Il revient sur ses pas. Je me demande quelle trace laisseraient sur le sol ses pas de valse. Il faudrait tremper les chaussures de François D. dans un sac de farine, comme dans Tristan et Yseult, *puis le faire fouler un sol noir. Et quand il serait sorti du champ, il y aurait ses empreintes partout. Le noir du sol serait tout éclairci de ses pas de valse. Je me souviens d'avoir vu une cathédrale qui était noire. Mais peut-être en ai-je rêvé ?*

— Non, tu l'as probablement vue. Si tu es allée à Clermont-Ferrand. À Clermont-Ferrand, il y a une cathédrale qui est noire.

— Est-ce que cette pierre noire volcanique se prolonge dans tes images, François ?

Il commence à me répondre, il bifurque et, en cinq six pas, nous nous retrouvons ailleurs. Et, de rotations en pas chassés, nous nous retrouvons là où nous étions, il y a de ça une heure. Presque au même endroit de l'échange. Converser avec lui a vraiment quelque chose d'une danse, c'est lui qui la guide.

Dans son pavillon, sur du papier noir fixé au mur sont inscrites des phrases ; inscrites comme au poinçon sur une paroi de pierre sombre, d'hématite par exemple ou d'ardoise. Je possède un petit tableau de François D. où l'on voit une personne humaine qui ne veut pas qu'on la voie. Ses mains sont visibles. Elles tiennent fermement un panneau noir. Il y est écrit quelque chose à la craie blanche. À force de regarder ce tableau, je l'ai gommé. Comme si mes yeux s'étaient tant frottés à la surface qu'ils en avaient effacé l'inscription. L'inscription consiste en un mot. Ce mot, je l'ai oublié, j'avoue. Le mot signale quelque chose. Un mot représente toujours une chose. Le mot prend la place de ce qui n'est pas là concrètement. Le langage n'est jamais concret. François D. a installé deux tables dans son pavillon. Il dit ainsi ce qu'est son art. Sur l'une a lieu l'activité concrète ;

sur l’autre, l’activité littéraire. Sur l’une, on martèle, on découpe, on plie, on nettoie, on soulève ; sur l’autre, on soupire, on rit, on pleure, on comprend, on prélève, on copie, on se souvient, on raconte, on spécule. Le corps de François D. fait le lien entre les deux. Son art est un va-et-vient ; une relation ; une dynamique. J’ai toujours à l’esprit que la main à plume vaut la main à charrue, *c’est Rimbaud qui le dit. François D. incarne cette assertion.*

Je reviens sur mes pas, car je n’en ai pas fini avec le petit tableau mentionné plus haut. Sur le petit tableau, on t’attire vers l’invisible. Le mot représente quelque chose d’invisible. Est-ce que le mot écrit a de l’importance ? Pour lui, pour François D., certainement, puisqu’il l’a placé là. Oui, mais c’est l’image, c’est-à-dire l’agencement économe qui perdure, tandis que le mot se fait oublier. Comme s’oublient les rêves. L’inscription blanche sur fond noir rappelle la craie sur un tableau qui en quelques coups d’éponge redevient vierge. Nous avons parlé avec François D. de cette performance qui consiste à être appelé au tableau pour y écrire une phrase sous les yeux de ses semblables, pour y résoudre une équation, pour exposer ses capacités.

François D. possède de grands cahiers marron clair. Ce sont ses cahiers d’écriture. Il y recopie des phrases. Ce sont des phrases qu’il prélève dans des livres qu’il aime. Ses phrases, il n’en comprend pas tout de suite le sens. Le sens est un volatile. À sa table de scribe, il regarde les mots. Quand on ne l’attend plus, le sens vient se poser. Il a besoin de copier des phrases pour les comprendre. Il lui faut vivre avec. Il ne peut pas les laisser passer. Il les copie à la main. Il écrit de la main gauche. Son écriture est très appliquée. Elle a l’air fausse. Elle n’est pas fausse, elle est artificielle. C'est-à-dire que ce ne sont pas ses nerfs qui écrivent. À ses débuts, il écrivait avec ses nerfs. Il m'a montré des notes prises, dans les premières pages d'un livre, les pages blanches. C'était une édition de poche de L'Homme sans qualités *de Robert Musil et Philippe Jaccottet. Il y a pris beaucoup de notes, il y a inséré de nombreux ex-libris, c'est dans le premier tome. Il avait en ce temps-là une petite écriture nerveuse. C'est son écriture de jeunesse. Mais maintenant, il forme ses lettres comme les instituteurs autrefois sur le tableau noir pour être compréhensible, aussi compréhensible que s'il dactylographiait. Mais une écriture à la main garde toujours quelque chose d'intime. Elle signale un écrit personnel. C'est-à-dire émanant d'une personne, disons un entrelacs de nerfs et de pensées.*

Une inscription manuscrite, qu'il s'agisse d'une note, d'un journal intime, de brouillons, on peut la lire avec le sentiment de trahir la confiance de quelqu'un. Même si on y est autorisé, on ne lit pas une inscription manuscrite sans penser que l'on est témoin d'actions, de pensées initialement privées. On peut en concevoir de la gêne ou de l'excitation, selon son éthique. L'inscription manuscrite se passe à l'écart du regard d'autrui. Sauf dans les écoles, il est rare que l'on écrive en présence de qui vous lira. Ce fut pourtant mon cas lorsque j'écrivis une partie de ces lignes en présence de François D. Il était, lui, tout à la fabrication de confettis dans une pelure d'orange. Pour les obtenir, il positionne un emporte-pièce sur la peau de l'orange et il la frappe avec un marteau. Des rondelles sont le fruit de cette opération. Il le fait avec différentes matières, surtout du papier, ce sont principalement ses archives. C'est une façon de tourner la page, me dis-je, une façon aussi de se préserver des indiscrétions futures, si on les craint. À titre posthume, on peut avoir accès à des documents privés, des manuscrits. Ou bien, en tant que destinataire, on peut se voir adresser des pages d'un carnet ou des lettres, des cartes postales. Mais l'écriture à la main est toujours réservée à une poignée de gens. François D. écrit des phrases à la main. Elles ne sont pas illisibles. Elles sont bien écrites. Les lettres sont bien formées. Elles sont bien calibrées. Son écriture à la main équivaut à un texte dactylographié. Autrement dit, il parvient, tout comme ce processus de standardisation qu'est la dactylographie, il parvient, avec des moyens opposés, à donner un statut impersonnel à quelque chose de personnel. Une remarque, par exemple. Quelque chose qui pourrait figurer sur un post-it. Quelque chose à ne pas oublier. Mais aussi, à l'inverse, quelque chose qui ne lui appartient pas prend une tournure personnelle, par ce geste d'écrire à la main. Il prend une phrase qui le tracasse, une phrase qu'il a lue dans un livre, mettons un livre de Robert Musil, un livre de Joë Bousquet, un livre en miettes d'Henri Michaux, un livre de Walter Benjamin. Il prend une phrase qui le tracasse, il la copie dans son cahier, à la suite d'autres phrases qui le préoccupent. Il en traque le sens. En les copiant, les prononce-t-il – je ne le sais pas. Il doit bien se les dire à lui-même. Les répéter, les morceler, les moudre. Et nous autres, en regardant ses inscriptions, à la verticale, profitons de ce qu'il se dit à lui-même. Ses inscriptions si bien manuscrites sont une vitrine en quelque sorte. Elles offrent un aperçu de son intériorité, une intériorité façonnée par le lien aux autres. François D. se lie à des œuvres, à des personnes, à des animaux avec le cœur et l'esprit clairs. Sans s'économiser. Il le fait à sa manière. À un haut degré d'intensité. Il parle beaucoup. Pourtant, il accorde toute la place aux compagnes et compagnons qui l'écoutent. Il crée une relation, en fait. Il relie. Il se relie à vous, à une personne, à d'autres personnes, à des œuvres, à des animaux, à des objets. C'est son art.

Pendant notre minuscule vie partagée, nous avons ouvert maints tiroirs sans toujours les refermer. D'infimes tiroirs comme cette vitrine d'autrefois où l'on obtenait une petite boîte en carton avec une surprise dedans. Le nom de ce dispositif est, je crois, tirette. Nous avons été en promenade. J'ai exprimé le désir d'aller sur la tombe de John Keats qui a fait un poème où il est question d'un rossignol dont le chant est si beau qu'à l'écouter John K. devient saoul et il vit une espèce de vie extatique avec ce rossignol dont l'âme se répand sur un petit bout du monde. Finalement, nous ne sommes pas allés au cimetière de Piramide. On a eu une meilleure idée. Nous avons mis le cap sur le sud-est de Rome. Nous avons marché dans les ruines de la villa des Quintilli. C'est un endroit où l'on croise surtout des vivants. Des animaux sont apparus sur notre parcours. Un chat, des chèvres, des oiseaux. Nous avons moins parlé, en présence des non-humains. Nous nous sommes accroupis ; nous leur avons tendu la main ; nous avons levé les yeux vers le ciel. Après avoir admiré le site archéologique, si beau, nous avons observé les oiseaux. Ils nous ont fait rire, ils se plaisent tant à être eux-mêmes. Sur fond bleu, la nuée de passereaux, c'est comme une poignée de guillemets lancés dans les airs. Ils ne s'arrêtent jamais de voltiger. Leur mouvement est incessant. Cette façon d'exister me rappelle François D. La dépense d'énergie pour manifester une présence physique, par les déplacements, par la voix. Il lui faut laisser des traces de sa présence. Il me l'a dit. Il a dit : c'est important.

— *En quoi est-ce important?*
— *J'aime me fatiguer.*

Ce n'est pas rien de recevoir ce texte de la part de Gaëlle à cet instant précis de mon périple. D'autant plus qu'il me surprend à un moment où je perds foi dans mon entreprise, piégé par le dispositif que j'ai moi-même mis en place, plus souvent *cul de plomb* devant mon écran d'ordi que debout à mon établi. Ayant pris le temps de m'observer dans ma cahute, Gaëlle, par son phrasé particulier, a su saisir l'inquiète vitalité que je tente tant bien que mal de contenir dans les menues activités qui m'occupent. Elle ne me juge pas, davantage attentive à mes déplacements et au débit saccadé de mes paroles qu'à ce que je peux bien lui raconter. Elle ne me laisse pas tout seul avec mon bazar. Elle joue avec moi, elle rebondit. Elle rend précieux, précis, le temps que nous passons ensemble, elle l'associe au confetti. Le confetti devient alors unité de mesure d'un temps de vie partagé. Elle a le sens du détail, elle écrit sans appuyer. En la lisant, j'ai l'impression de regarder un dessin animé dont je serais le héros éphémère : un gars qui, tout en cherchant à effacer ses traces, ne cesse d'en produire de nouvelles et de se quereller avec lui-même.

Sur la route de Tarquinia, me décidant à répondre aux appels réitérés de ma sœur aînée, j'ai appris la mort subite de ma mère. Retrouvée assise sur son canapé par l'infirmière, le 14 février au matin. Le lendemain, au réveil, c'est auprès de Sabrina que j'avais envie d'être ; avant de la rejoindre à la cafétéria, j'ai appelé Yves. À cet instant, j'ai pris conscience de cette alchimie particulière qui lie un écrivain à ses éditeurs. On pourrait parler ici d'une forme d'amitié. L'ami est celui qui me remet au travail, non celui qui se réjouit de me savoir à l'arrêt. Si l'artiste fait feu de tout bois, je n'ai pas l'intention de faire de la littérature avec un événement aussi intime. Aucune envie de m'ausculter ou de me regarder le vivre. L'ex-croque-mort mis à nu par la réalité de la mort de sa mère, même. Animal blessé. Arroseur arrosé. Croque-mort croqué. Le nombre d'écrivains qui ont écrit sur leur mère… je ne voudrais pas m'inscrire dans cette lignée. Je ne tiendrai pas de journal de deuil.

Le seuil de la Villa franchi, j'avais eu un pressentiment ; ce lieu était si majestueux, si poreux, qu'il me donnait l'impression de pouvoir tout absorber, tout amortir. Au moment de prendre possession de mon pavillon, sans trop savoir ce que je fabriquais, j'ai écrit à la craie sur le mur ocre en vis-à-vis de l'une de mes deux portes-fenêtres : *Il dolore mette il mondo in movimento.* Ainsi, durant ce long séjour, je ne chercherai pas à résister aux puissances de mort qui agissent au sein de ce palais – sorte d'hospice donnant à chacun, plus ou moins jeune, l'occasion d'éprouver ses propres limites, ses vies-morts potentielles.

Ad plures ire, « rejoindre le nombre », signifiait mourir chez les Latins. Est-ce à ce seuil de la mort que me conduit le confetti devenu l'objet du jeu de cache-cache auquel je m'adonne ici depuis bientôt six mois ? Lundi, ma mère l'a franchi sans trembler. Ressentant un malaise, elle a interrompu son déjeuner, elle a tangué jusqu'à son canapé ; assise, cherchant à réguler son souffle, elle a peut-être fermé les yeux. Et la mort l'a surprise dans cette position ; ou bien l'a-t-elle appelée, comme elle l'avait sans doute déjà fait à d'autres moments d'extrême lassitude, se disant à elle-même : *Maintenant, ça suffit.* Et cette fois-ci, elle a été écoutée, sa vie écourtée, la mécanique du corps s'est arrêtée – souffle, cœur, sang, cerveau. En quelques instants, elle n'a plus émis de signaux, elle s'est éteinte. La porte-fenêtre entrouverte, un courant d'air chaud est entré et l'a enveloppée, se mêlant à son dernier soupir. Son âme s'en est allée, laissant tout sur place – petit corps assis, emmitouflé dans une étole orange, tête penchée.

À partir d'aujourd'hui, je parlerai de ma mère au présent, au passé, au futur, conjuguant tous les temps, comme je l'entends. Et je lui parlerai tout bas autant de fois que j'aurai besoin de sentir sa présence ; et elle sera là – à mes côtés. Sa confiance se joignant à la mienne, cette fois, ça devrait aller, je devrais me sentir moins démuni-diminué devant l'adversité. Je l'aimerai comme je l'ai toujours aimée, sans simagrées.

Un jour, bientôt peut-être, je retournerai avec elle à Tarquinia. Dans les chambres souterraines aux parois peintes des tombes étrusques, le banquet se poursuit comme si de rien n'était : les silhouettes s'animent et dansent ; des animaux y sont conviés ; il y a des gestes d'offrande, des libations, des nuées d'oiseaux. On y est comme dans une maison de toile. La géométrie y est très simple. Ici la mort ne fait pas peur.

Elle en avait marre. Elle n'a pas voulu prolonger le séjour. Elle n'a pas attendu le printemps. Sa mort est survenue le lundi 13 février 2023, en tout début d'après-midi. Le temps s'était radouci, le ciel était bleu, c'était un jour lumineux.

Dans les mois qui viennent, pour mes sœurs et moi, quelque chose devrait se modifier dans notre façon d'appréhender la vie, le vide-plein de la vie, ses déblais, ce qui rend de l'énergie, ce qui rend d'autant plus attentif aux forces de vie qui nous traversent à tout instant. Dès lors, je défendrai le territoire de l'intime, ne laisserai plus entrer les curieux.

Elle est morte comme elle a pu. La mort est venue, elle l'a reçue. Je n'entendrai plus sa voix. Mais en moi elle murmurera. À la fin de sa vie, elle m'appelait : *Mon petit.*

Au revoir maman. Adieu. À bientôt.

L'écriture de ma mère est devenue mienne : elle repassait souvent sur certaines lettres qu'elle venait d'écrire au feutre fin ou au stylo-bille. Il m'arrive de faire comme elle. Quand je m'étais cassé le bras gauche, elle avait demandé à l'institutrice de m'inciter à écrire de la main droite. Le plâtre retiré, je ne savais plus de quelle main écrire, j'hésitais. Pareil au foot, devant le ballon, je ne savais pas de quel pied frapper. Je n'ai jamais été très bon aux sports de balle. Il y a peu, elle avait encore l'espoir que je retourne voir du côté des femmes. *Torno subito.* Est-ce qu'au moment où ce livre paraîtra, mes deux parents ne seront plus ? Déjà, j'avais demandé à ma mère de ne pas lire le livre précédent, à cause d'un court passage où je l'évoquais ; je ne voulais pas lui faire de la peine.

Tu ne dis pas du mal de nous ?

Non, maman, je ne dis pas du mal de vous.

Dire ceux qu'on aime, et puis c'est tout.

Je deviens la matière même de mon livre.

Et toi aussi, tu deviens la matière même de cette autre vie devenue livre.

Des sentiments comme autant de sédiments, dans le lit de la rivière.

En rêve elle viendra me visiter, dans son corps de jeune fille ou même très vieille.

Je me souviens d'un rêve où nous circulions tous deux en bagnole dans un paysage bariolé, presque fluo ; la porte du côté passager était toute rafistolée.

Se regarder manger en silence, ce n'est pas si facile.

Sur les ruines nous danserons. Tout peut arriver. Nous sommes dans le noir.

Chacun, à corps perdu, lancé parmi l'espace, passe, à signer l'espace, le plus clair de son temps.

Aujourd'hui, ma mère n'est plus. Silhouette virevoltante au loin. Elle silence.

À nous détruire en fleurs, en feuilles, en flammes. La forme nous fait.

En nous, la forme se défait aussi bien. Se recroqueville, se casse.

Ma mère était la première à dire qu'être trop intelligent ne rendait pas heureux, ou bien rendait notre rapport à la vie douloureux. Tu te poses trop de questions. *Tu n'es que l'ombre de tes actions.* Tu joues le jeu ou tu ne joues pas le jeu. Jusque-là, je n'ai pas été assez joueur, pas assez joyeux. *Il n'y a pas de soliloque. Toute phrase trouve deux hommes dans une voix.* Deux hommes, deux femmes, un homme une femme, toutes les combinaisons sont possibles. C'est parfois bon de sentir en soi des voix discordantes. Nous ferions mieux de nous méfier de celle qui recouvre toutes les autres. Maintenant est entrée en moi la voix enrouée de ma mère. J'ai mal à la gorge. J'ai la gorge nouée. C'est normal. Elle n'est pas encore tout à fait à sa place. Son corps a été glissé dans un casier réfrigéré. Pendant ce temps-là, son âme a le temps de gambader. Elle assiste à nos efforts, elle voit bien notre peine, elle a hâte que je revienne. Elle veille sur nos vies, ou bien est-ce la vie qui se ramifie entre nous, ses trois enfants. Elle nous cède ses jours. C'est alors vers l'intelligence du cœur qu'il faudrait se tourner. Pour elle, c'est l'heure de fermer les robinets ; pour nous, c'est l'heure de puiser dans les réserves d'amour qui existent en nous et tout autour. Ma mère sera enterrée mercredi. Pas brûlée. J'y tenais.

Maintenant c'est ma mère qui me fait écrire, elle qui, de son vivant, ne savait jamais trop quoi répondre lorsqu'on lui demandait ce que fabriquait son garçon. Dorénavant, c'est ma meilleure alliée, elle peut tout lire au-dessus de mon épaule. Déjà elle est contente que je ne fasse pas trop de fautes d'orthographe ; je le lui dois, elle le sait bien, avec toutes les dictées qu'elle m'a fait faire gamin ; elle me hurlait dessus parfois, ça a fini par porter ses fruits. Je suis le fruit de son amour. Ce n'est pas comme si je l'avais vue venir, la mort de ma mère, mais tout de même un peu ; je l'ai prise au sérieux lorsqu'elle m'a dit qu'elle aurait préféré mourir avant mon père. Depuis toujours, je savais qu'elle n'avait pas peur de la mort, je lui faisais confiance pour l'accueillir le moment venu, ne lui opposer aucune résistance. Ce qu'elle a fait lundi dernier. *Le rétrécissement du corps, sa raréfaction qui, depuis l'intérieur, offre cette générosité inattendue de porter un corps à se simplifier dans une sorte de formule, cette raréfaction abandonne au regard des autres la rapidité de voir disparaître. Ainsi peut-on savoir chez un individu quand a commencé la fin de sa vie. Parfois depuis très longtemps. Ou encore, parfois, depuis peu, mais de façon accélérée. Mais qui peut dire où a commencé la fin d'une vie ?* Question si essentielle que se pose à lui-même le psychanalyste Pierre Fédida lors du premier entretien avec un patient. Question qui ne cesse de me tarauder depuis.

Où est ma mort? Quelle place occupe-t-elle que je ne connaisse déjà?

La mort n'agit-elle pas à l'endroit précis où se fabrique l'art? l'écriture?

Les pensées se formant au gré des faits dont nous avons rêvé, seules des bribes nous reviennent au réveil.

La vie étant bien plus vaste que sa propre vie, il n'y a pas à s'inquiéter.

Confetti : joie et tristesse mêlées. Chaos écrit. Quoi d'autre?

Juin 2023. – N'ayant pu être présent le soir du vernissage de l'exposition de fin de résidence à la Villa Médicis, l'*attentat-confetti* que j'avais imaginé a cependant eu lieu. C'est la première fois de ma vie que je déléguais une succession de tâches qui, dans mon plan initial, m'incombaient. Aux alentours de dix-neuf heures, le canon à confettis relié à une bombonne de gaz a été mis en place par Gianni et son acolyte au milieu des marches de la salle centrale, tandis que, dans leur dos, les stagiaires déployaient la banderole que j'avais confectionnée ; en lettres capitales noires sur fond blanc était lisible la phrase de Joë Bousquet transformée ici en slogan : SIAMO FANTASMI CHE VOGLIONO AGIRE. Ils se sont alignés derrière celle-ci, silencieux, rejoints par quelques personnes travaillant ici depuis longtemps. Les visiteurs se sont agglutinés au bas des marches, recevant une pluie de confettis précédée d'une forte détonation, celle-ci étant plus impressionnante que la nuée de papillons blancs.

La stupeur retombée, Max, ami danseur, a grimpé les marches et, muni d'un balai, très consciencieusement, a accompli sa tâche. À la fin de sa danse de petits pas, à côté du tas de confettis, il a suspendu sur le manche du balai le carton que je lui avais confié avec l'inscription TORNO SUBITO – en hommage à la pièce de Robert Filliou : *La Joconde est dans les escaliers*. Étant donné les circonstances de mon départ, *je reviens tout de suite* résonnait drôlement ; c'est ce dont m'a fait part Samir, un des pensionnaires, le soir même dans un SMS.

J'espère que les obsèques se sont bien passées et que tu as pu prendre le temps de passer du temps avec ton père. Je n'en veux pas à celui qui m'a écrit cela quelques jours plus tard, en doublant le *temps pris* du *temps passé* avec mon père. J'ai eu en effet la possibilité d'être à ses côtés durant les huit derniers jours de sa vie. Dorénavant, l'épaisseur de temps qui me sépare de lui va se doubler de celle qui me sépare de ma propre mort. Pris dans cet entre-deux, je me sens plus nombreux. Nulle trace d'ombre. *La présence de l'absent ne se situe pas dans le visible, mais seulement dans la voix, recueillie dans l'arche de la parole.* En moi retentit sa voix, le timbre de sa voix.

Avant même de penser l'arranger, il importe de décider du lieu où déposer sa matière. L'archive qui est la mienne, je n'ai pas fini d'en faire des confettis. Tâche infinie à laquelle je ne me suis pas vraiment tenu durant ce séjour romain. Le point de vue de l'art et celui de la vie seront toujours disjoints. Cela ne se résorbera pas ici.

Février 2023. – *Comme si elle avait le malheur d'être encore en vie.* Elle n'est plus – en vie. Elle n'a plus le malheur d'être en vie. Avec elle disparaît le malheur d'être encore en vie, alors qu'on n'en a plus envie. Elle en avait marre, elle le disait – pas souvent, mais quand ça lui venait, c'était avec véhémence.

Elle est partie, c'est ce qu'on dit, ça ne veut rien dire, ça veut cacher quelque chose, ça ne dit pas la mort – la séparation définitive. Pourquoi, pour qui dit-on cela ? Pour adoucir quelque chose qui, pourtant, n'a rien de doux, autant pour celle qui est partie que pour ceux qui restent. On fait semblant ou quoi ? On voudrait tout poétiser, même cet instant. Très peu de temps après l'annonce de sa mort, je me suis entendu dire : *Sa mort a été douce, c'est une consolation.* Qu'est-ce que j'en sais ? Je n'y étais pas. C'est l'infirmière qui l'a trouvée assise sur son canapé le lendemain matin. Elle est morte seule. Un lundi, en tout début d'après-midi. Mais le médecin qui a signé le certificat de décès n'a pu le faire que le mardi. Donc, sur l'acte délivré par l'état civil de la mairie, c'est écrit qu'elle est décédée *le quatorze février deux mille vingt-trois à quinze heures trente minutes, à Clermont-Ferrand (Puy-de-Dôme), 11 rue Madame du Coudray, – en son domicile*, alors que sa mort remontait sans doute à plus de vingt-quatre heures. Pour que celle-ci ne soit pas considérée comme suspecte et qu'il n'y ait pas enquête, il était plus simple de consigner la date et l'heure à laquelle le médecin l'a trouvée, en présence de ma sœur aînée qui, depuis le matin, l'avait veillée. *Je ne l'ai jamais autant touchée*, m'a-t-elle confié. C'est très important que ma sœur ait pu passer ce temps avec elle.

Apprendre qu'elle est morte ainsi – assise sur son canapé –, c'est peut-être ce qui m'a le plus impressionné, impression que j'ai aussitôt traduite par cette formule toute faite : *Sa mort a été douce.* C'est l'image qu'elle a donnée à celles et ceux qui l'ont trouvée le lendemain de son décès. Assise, elle a accueilli la mort. Elle n'est pas morte dans son sommeil. Un instant avant, elle était debout, consciente. Elle a interrompu son déjeuner, elle s'est dirigée vers le canapé, elle s'est assise, et elle est morte. Le laps de temps entre ses derniers pas et son dernier souffle, nul ne le sait. C'est son secret. Elle est née avec un secret. Elle est repartie avec un autre – le dernier ne recouvrant pas le premier. La vie et la mort comme les deux faces d'un même ruban – la légère torsion qui permet de les relier dans une sorte de continuum, on la retrouve dans le mouvement d'un ruban de Möbius, que j'associe volontiers à ce glissement vie-mort, naissance-mort. Deux dates accolées. Avec un trait d'union entre les deux, comme une agrafe. Une vie et ses silences. Et le fulgurant montage que la mort accomplit à notre insu. Et les récits qui en découlent, aussi nombreux que les personnes qui l'ont connue. *Ce n'est que grâce à la mort que notre vie nous sert à nous exprimer.* À chacun, il revient de choisir les fragments biographiques, afin de réaliser *la même opération que la mort accomplit sur la vie.*

Elle n'est pas morte dans son sommeil – mort que l'on souhaite à quiconque et à soi-même. Elle a eu le temps de voir venir la mort – c'est peut-être ce rab de temps que l'on ferait mieux de souhaiter à son prochain comme à soi. Aussi avons-nous eu le temps de nous y préparer. *La sépulture du rêve commence dans la vie de tous les jours bien en deçà du deuil.* Ce temps-là, nous l'avons eu, ses trois enfants. Nous avons eu le temps de sculpter de l'intérieur le visage de notre mère en nous. En ces circonstances, le processus du deuil débute en amont de la mort. Plus d'une fois, je me suis surpris à regarder le visage de ma mère, à saisir un geste d'elle, comme si je voulais l'imprimer en moi, afin qu'il me souvienne le jour où elle ne serait plus.

Je suis son fils. Dorénavant, je porte le deuil de ma mère. Je ne vais pas l'idéaliser pour autant. Mais j'ai envie de garder le meilleur. Cette façon de se séparer, tout en se rassemblant. Poing serré qui s'ouvre. Déjà le vide qu'elle laisse derrière elle m'oblige à me déplacer. Mon rapport à la parole va-t-il changer ? Déjà, le rapport à ma propre mort s'en trouve modifié. À mon tour d'être exposé. Impossible de me dérober. Nulle intention de m'abriter derrière un panneau où serait écrit au recto *torno* et au verso *subito*. À défaut d'écrire plus petit au bas de ce dernier : *Ici s'accomplit et se répare ma propre destinée.* Le chemin que m'indique ma mère me plaît, je m'y engage avec la présence d'esprit qu'elle me rend. Paradoxalement, depuis l'annonce de sa mort, je me sens moins seul. Dans les jours qui ont suivi, elle a trouvé sa place en mon for intérieur. Comme si j'avais eu le temps de lui faire une place – la sienne.

La force intérieure qui lui a permis d'accueillir ainsi la mort – yeux ouverts, *mains tenant le vide* –, je voudrais croire qu'elle me l'a transmise ; et cela se traduirait aussitôt par une plus grande porosité au monde alentour. Il y avait du malheur en elle. À l'instant de sa mort, elle l'a déposé devant elle, elle s'en est séparée. Je n'ai plus à le porter.

Sa mort ne ressemble pas à sa naissance. Elle était née toute bleue. Sa venue n'était pas désirée. Lors de sa grossesse, ma grand-mère a perdu son père et sa sœur. Mon grand-père l'a reconnue tardivement. Ils se sont mariés après sa naissance. Ma grand-mère a longtemps demandé à ma mère de tricher sur sa date de naissance, en disant qu'elle était née un an plus tard – après leur mariage, donc. Mais les dates réelles étaient bel et bien consignées dans le livret de famille. Ma grand-mère a cru que je les avais découvertes. Dans la petite pièce qui jouxtait sa salle à manger, elle avait disposé sur le secrétaire les papiers et documents bien en vue au cas où elle mourrait subitement chez elle. Le téléphone était juste à côté. Un jour, à midi, au Clos fleuri, avant de déjeuner avec elle et ma mère, j'avais un coup de fil à passer, je me suis alors réfugié dans la petite pièce séparée par une porte vitrée. Lors de cette brève conversation téléphonique, je me suis permis d'ouvrir le livret de la famille, sans prêter attention aux dates, davantage attiré par l'écriture ancienne, à l'encre sépia. Ma grand-mère m'ayant vu faire ce geste, son visage s'est fermé, et lorsque nous nous sommes mis à table, la tension était maximale entre ma mère et elle ; j'ai interrompu le repas, ne comprenant pas ce qui l'avait mise dans cet état. Ça m'avait coupé l'appétit. Je suis parti en coup de vent ; je les ai laissées toutes les deux. Et pour la première fois de sa vie, ma grand-mère a fait part ouvertement à ma mère de son secret et de sa honte : le fait d'être tombée enceinte alors qu'elle n'était pas mariée, la naissance cachée de ma mère ayant bouleversé sa destinée. Ma mère le savait depuis longtemps bien sûr, mais elles n'en avaient jamais parlé. *Ça partira avec le bateau*, m'a dit ma grand-mère au moment de l'embrasser.

Deux jours après, elle était terrassée par un AVC. Ce qu'elle redoutait le plus au monde lui est arrivé. Lorsqu'elle s'est réveillée à l'hôpital, elle a pris conscience de sa paralysie partielle ; furibonde, elle ne tenait pas à vivre plus longtemps dans cet état. Elle repassait le film de sa vie, elle en voulait à la terre entière de lui faire subir une telle épreuve : elle n'avait pas mérité cela, sa vie avait été un calvaire, sa fin de vie serait un cauchemar éveillé. Elle exprimait sa colère avec des mots vulgaires qu'elle n'employait jamais : *Je n'en ai rien à foutre*… J'étais au pied de son lit. Sur le mur, à portée de son regard, était écrit au feutre, à la main, sur un tableau, la date du jour. *Mamy, tu ne peux pas mourir, t'es en colère*, ai-je fini par lui dire. Elle a esquissé un mince sourire. Je savais qu'elle savait que j'étais de son côté. Plus tard, dans l'après-midi, quand ma mère est entrée dans la chambre, j'ai surpris un regard de haine sur sa fille ; ça m'a fait mal, j'ai compris, je suis reparti avec. Elle lui en voulait tant d'être celle qui lui avait gâché sa vie. *Cricri, petite souris*. Toute sa vie à se sacrifier, à s'inquiéter de son asthme, de son eczéma ; elle lui attachait ses mains aux barreaux du lit pour qu'elle n'aggrave pas ses plaies. Ainsi ont-elles formé une sorte de couple mère-fille. Deux solitudes. *La cigale et la fourmi. Laisse faire, je vais le faire à ta place.* Et malgré tout, sur les photos d'elle jeune fille, ma mère exprime une joie de vivre. Elle ressemblait à une gitane, à une fille de la campagne. Avec ses dents du bonheur, son regard franc. Elle apparaît telle une figure dansante sur une photo en noir et blanc où elle joue au Jokari avec une amie. C'est cette photo que j'ai choisie pour la cérémonie, me souvenant des mots de Zarathoustra : *Lorsque l'homme s'approche de la mort, il ne marche plus, il danse.* Ma mère aimait tant danser, elle me l'a transmis, comme tant d'autres choses qu'il me reste à découvrir.

On ne m'a jamais fait confiance, l'ai-je souvent entendue dire. Donc, s'il est une chose qu'elle ne pouvait pas me transmettre, c'est bien cela : la confiance en soi. D'où la nécessité de me dépenser le plus possible pour atteindre ce que d'autres atteindraient sans se fatiguer, sans même y penser. Des tâches simples qui, soudain, me semblent hors de portée. Et aussi l'envie de s'oublier, de s'anesthésier dans la répétition des gestes. Elle avait une grande capacité à être seule que mon père lui reconnaissait aisément. Et souvent, je me suis demandé si je ne me faisais pas vivre la vie de ma mère, celle d'une femme au foyer – sa solitude contre la mienne –, afin de cesser de la juger. Inventant mes propres rituels, je tentais d'approcher sa réalité.

Cette figure assise, momifiée, que j'avais réalisée à quinze ans, alors que j'étais interne au lycée Diderot de Marseille, je l'ai retrouvée plus tard dans le hiératisme des Vierges romanes de ma région, comme dans la sculpture d'Alberto Giacometti, *L'Objet invisible* ou *Mains tenant le vide*, datée de 1934, ou encore dans les dessins d'Henry Moore, dont celui-ci : *Woman Seated in the Underground.* Et aujourd'hui, cela résonne avec cette image que l'on m'a transmise de ma mère, saisie par la mort dans la position assise.

Tandis que le fils écrit ces lignes devant le rectangle blanc de l'écran de son ordi, le corps de sa mère est enseveli sous un mètre de terre, dans le rectangle de la sépulture, ne laissant rien percer du travail qui s'accomplit au-dedans.

Maintenant, je sais de quoi sont faits mes confettis. Je n'ai pas l'intention d'écrire *Le Château de ma mère* – château de solitude, maison aux courants d'air. En revanche, la joie éclair d'un jet de confettis exprime peut-être mieux ce que je ressens à cet instant de la séparation. Elle n'a jamais été une mère intrusive, elle respectait mon espace intérieur, même si elle n'a jamais su dire ce que je fabriquais loin d'elle ; j'avais beau lui expliquer les projets qui me tenaient à cœur, elle me regardait avec de grands yeux écarquillés, ne semblant pas comprendre de quoi étaient faites mes journées. *C'est bien, ça t'occupe. Tu manges bien, au moins ? Va t'acheter une paire de chaussures.* Et le jour où je lui ai présenté Joris, au moment de l'embrasser, elle s'est exclamée : *Oh, un beau brun, c'est exactement le genre d'homme qui m'aurait plu à vingt ans.* Deux ans plus tard, lorsque je lui apprends notre séparation : *Vraiment, vous n'aviez rien à faire ensemble.*

La franchise de ma mère était parfois déconcertante, le plus souvent ça me faisait rire. Comme elle, je ne sais guère cacher mes sentiments ; mes brusques mouvements d'humeur ne sont pas si éloignés des siens. Sa douleur, au moment où mon père l'a quittée, je l'ai prise en partie, vivant alors seul avec elle, je ne savais pas quoi faire pour la réanimer : je lui préparais des repas aux chandelles, lui passais de la crème dans le dos au sortir du bain. Son vide existentiel, je l'ai ressenti très tôt, très fort, et je sentais bien que ma présence n'y changeait rien.

Tous ces gens qui veulent avoir des gamins et qui ne savent pas ce que c'est. On n'était pas des monstres pourtant. Aussi inventait-elle des stratagèmes pour tenir debout. Des heures à suer sous le soleil brûlant. Yeux fermés. Dure à la douleur. Elle aurait été une autre femme si elle avait travaillé. Seule avec elle-même, trop longtemps, son espace intérieur se réduisant. Elle n'aurait pas aimé que j'écrive sur elle, je ne vais pas m'attarder. Même si elle me savait heureux là où je suis, elle me sentait loin. Là où elle est, je ne suis pas. Dorénavant, j'écris en son absence ; par l'écriture, je la rends présente. C'est le moins que je puisse faire à cet instant. M'est donnée l'occasion d'éprouver une manière d'écrire – gage de vitalité –, avec l'espoir d'accéder à une autre vie, une *vita nova*, bien que je ne sois pas précisément au mitan de ma vie. Encore un pas et je me trouve.

Éprouver le deuil, c'est franchir un seuil, une succession de sas – *le regard-de-telle-sorte-qu'on-le-parle, la remarque de ce qui l'entoure et de son propre état au milieu de ce qui l'entoure.* C'est faire attention aux êtres aimés – animés et inanimés –, aux humains comme aux non-humains ; c'est entendre leur muette supplication, ne pas leur faire dire ce qu'ils ne disent pas, ne pas les empêcher d'être ce qu'ils sont, dans *un abandon amical au hasard – qu'il vous conduise à telles ou telles rencontres ou vous en sépare aussi bien.* Jusque-là, je n'avais pas imaginé que la figure de la mère occuperait une telle place dans la décision d'écrire – *écrire, comme si je ne l'avais jamais fait*. Ne plus faire que cela, ou bien quoi ?

En commençant de vider l'appartement de ma mère avec Pascale, quelque temps après mon retour de Rome, j'ai tenu à préserver quelques-uns de ses petits carnets dans lesquels elle consignait aussi bien une recette de cuisine – *le flan parisien* – qu'une citation glanée je ne sais où : *Il faut de l'esprit pour bien parler ; de l'intelligence suffit pour ~~savoir~~ bien écouter (André Gide).* Sur une page quadrillée, écrit au crayon à papier : *Pull d'hiver. Point dos, manches et une partie du devant – double point de riz ; côtes 2.2. ; col roulé, dos.* Avec, juste en dessous, un croquis. Dans un autre carnet, elle a pris quelques notes sur Rousseau, *Les Confessions*, peut-être lors d'une émission écoutée à la radio : *un être sensible ; mort de sa mère à sa naissance.* Sur la deuxième page de ce même carnet, d'une écriture déliée : *le réel n'existe pas, c'est la perception du réel que l'on en a ; le bonheur n'existe pas, c'est l'impression que l'on en a qui existe ou la sensation (selon Gide ou Proust).* Deux pages plus loin : *L'écriture permet un retour sur soi-même, on n'est jamais entièrement soi-même dans un moment précis.*

Comment ne pas être ému à la lecture de ces lignes. Comme si elles m'étaient adressées à l'instant même où je les découvre. Il y a quelques années, tandis que je m'inquiétais du fait qu'elle lise moins et n'écoute plus la radio, lui rappelant l'importance d'entretenir une vie intérieure, elle m'avait aussitôt répliqué : *Et qui te dit que je n'en ai pas une ?*

Autre signe que ma mère m'adresse post mortem : parmi les livres anciens conservés, alors qu'elle se séparait sans tarder de ceux qu'elle avait lus plus récemment, j'ai trouvé un exemplaire de *La Bâtarde* de Violette Leduc, achevé d'imprimer le 18 novembre 1964, l'année même de sa parution, dans la collection « Blanche » de Gallimard, avec une préface de Simone de Beauvoir. Je suppose qu'elle se l'était offert à elle-même ; peut-être une interview d'elle à la radio l'avait incitée à l'acheter. Le titre du livre la regardait de près ; si elle a eu le cran de le lire, ce dont Violette Leduc témoigne avec son style lapidaire a dû la bouleverser : *Je suis née brisée. Je suis le malheur d'une autre. Une bâtarde, quoi !*

Jusqu'à ce jour, je n'avais jamais lu Violette Leduc. En parcourant la première page, j'ai tout de suite été saisi par la scansion de son écriture. D'emblée, le ton est donné, on a envie de continuer : *Mon cas n'est pas unique : j'ai peur de mourir et je suis navrée d'être au monde.* J'ai donc emporté avec moi son livre, pressentant que j'allais être à mon tour touché par son récit. Je l'ai été. Ma mère m'a mis dans les mains un livre dont je n'aurais jamais pu imaginer la teneur, l'intensité. Entre-temps, tout ce que j'ai appris de Violette Leduc a fini de me faire fondre. Dans un film documentaire de Pierre-André Boutang, intitulé *Une brève rencontre*, réalisé six ans après la parution de *La Bâtarde*, on la découvre dans son intérieur, à sa table, avec les photos de Simone de Beauvoir et de Sartre à portée du regard ; elle s'exprime avec la même franchise que dans ses livres. Elle dit considérer l'écriture comme une besogne – comme elle ferait son ménage ou son repassage –, ce qui ne peut qu'émouvoir l'homme d'intérieur que je suis. Elle ne se fait pas de cadeau non plus, assumant sa solitude et ses travers – la peur de manquer, sa pingrerie.

Violette est devenue une amie, elle me donne de l'énergie ; à travers elle, je me dis aussi que ma mère m'encourage à persévérer dans l'écriture de soi. Par son entremise, je m'autorise à écrire en mon nom, sans me regarder dans le miroir, ce que J.-B. Pontalis appelait l'*autographie. Et quiconque nous parle du fond de sa solitude nous parle de nous*, rappelle sans ambages dans sa préface Simone de Beauvoir, relevant une phrase que lui avait confiée Violette Leduc : *Je suis un désert qui monologue.*

Et si j'avais besoin d'un dernier signe de sa part : dans *La Bâtarde*, page 74, un passage où il est question de confettis et de ce jeu cruel de la part des garçons. L'impression que cet extrait décrit aussi la complexité du lien qui unissait ma mère à sa propre mère. Certes, ma mère devait être moins rebelle que Violette ; mais j'imagine que, jeune fille, elle avait une vitalité semblable à la sienne. C'est avec ses mots que se refermera mon récit – comme un long plan-séquence avant le générique de fin :

> J'entrais à l'intérieur du carrousel avec mes rouleaux rose, bleu, vert ; nous marchions sur des litières. Un manège humain tournait autour de l'autre manège en jetant des

poignées de confettis. Les sages étaient assis sur des chaises de jardin. Ma mère s'installait, séparée de la musique barbare, des cris et des bousculades, par son chic et son dédain intérieur. J'avais vieilli, je ne voulais plus monter dans une gondole. Je voulais un cheval, le plus grand, pour voir, pour être vue. Je recevais des confettis dans les yeux, dans la bouche, des bandes m'entraînaient. Je devenais un glaïeul orgueilleux sous une pluie de papier. Enfin je parvenais à monter sur le manège. Je retrouvais la selle de velours rouge, les guides. Je m'installais pour un voyage quand je mettais mes pieds dans l'étrier. La cadence au début ressemblait à un rêve. C'était doux, c'était lent. Nous tournions enfin. Ma mère. Je ne la vois pas. Où est-elle ? La voici. Elle m'a vue, elle me voit, elle donne un coup de menton dans ma direction. Oui, elle est séparée de la fête, oui, elle pourrait m'en séparer. Je ne veux pas. Mollement, mollement je lance mon premier serpentin vers sa chaise. Maintenant elle regarde le gratin de la ville qui patiente sur les chaises de jardin. Le fils Wyamme seul, en retrait, me lançait autant de serpentins qu'il pouvait. Je voyais en passant des jeunes gens cruels : ils ouvraient la bouche des jeunes filles et la remplissaient de confettis. Les gaillardes leur recrachaient les pastilles en papier au visage. La virtuosité des employés qui allaient et venaient sur le plancher roulant m'étonnait. Ma mère se levait, elle se fâchait contre moi si des jeunes gens voulaient me faire manger des confettis. Je m'attendrissais sur les chevaux de bois qui tournaient à vide à côté du mien. Ni morts, ni vivants.

Christiane Durif, née Blaise (1935-2023)
Jean Durif (1936-2023)

Ce récit leur est dédié, bien sûr, comment pourrait-il en être autrement. Maintenant qu'ils sont morts, mes parents, je ne me sens pas plus libre d'écrire ce que j'entends ; seulement, je prends conscience de ce que cela implique, le fait d'écrire à partir de ses propres sentiments et de ces voix d'autrefois qui nous traversent lorsqu'on se décide enfin à les faire entendre. J'espère ne pas les avoir trahis ; j'espère surtout leur rendre hommage.

Ce récit ayant été écrit en partie lors de ma résidence à la Villa Médicis en tant que pensionnaire, je tiens à remercier les membres du jury de m'avoir donné accès au Palais de Confettis, ainsi qu'à celles et ceux qui m'ont accordé leur confiance et leur amitié durant ce séjour fait de moments de crise et de moments de joie.

Merci à Gaëlle Obiégly et Thibault Rampini d'avoir accepté que je glisse des fragments de leurs écrits dans le cours de mon récit ; merci à Olivier Grasser, lecteur du *Vide sanitaire*, de m'avoir incité à envoyer un dossier de candidature à la Villa Médicis et à Marianne Dautrey de sa lecture précise et de ses remarques sur les échos à l'intérieur du texte.

Et puis, je tiens à exprimer ma gratitude à l'égard de Jeanne Guyon et d'Yves Pagès, qui m'ont accompagné à chaque étape d'écriture-réécriture et m'ont délesté du paquet. Par leur entremise, je deviens à mon tour *un glaïeul orgueilleux sous une pluie de papier* !

Composition : Entrelignes (64)
Achevé d'imprimer par Dupliprint
à Domont (95), en septembre 2024
Dépôt légal : septembre 2024
Numéro d'imprimeur : 2024080661

ISBN 978-2-07-306850-7 / Imprimé en France

631689